Posta-restante

Cynthia Rimsky

POSTA–
RESTANTE

Tradução | Mariana Sanchez

coleção **NOS.OTRAS**

/re.li.cá.rio/

*Para Doris Mitnik, no Chile, Lucas Rimsky,
em Buenos Aires, e Mateja Kavcic, na Eslovênia.*

*Quem seria tão insensato de morrer
sem ter dado pelo menos uma volta à sua prisão?*
Marguerite Yourcenar

ÁLBUM DE FAMÍLIA

Ortuzio diz que os mercados de pulgas são o divã do psicanalista, com a vantagem de economizar dinheiro. Os objetos dispostos no chão despertam reminiscências que os visitantes percorrem como a um álbum íntimo e social. Famílias cujo passado remonta à história do Chile encontram objetos que, embora desconhecidos, estão gravados na sua memória, que é também a memória do país. Para os emigrantes, a história é uma linha interrompida, e o passeio pelo mercado tem mais a ver com a imaginação do que com a memória.

Num domingo de outubro de 1998, ela achou no mercado de pulgas da avenida Arrieta, em Santiago, um pequeno álbum de 11,5 por 9 centímetros, encapado com um tecido de evidente origem estrangeira. As fotografias mostravam uma família de férias, mediam 6 por 8,5 centímetros e estavam emolduradas com uma aba de cartolina cor de creme cujas bordas internas tinham sido recortadas com uma tesoura de picote. Na primeira página, haviam escrito a lápis grafite algo indecifrável. *"Plitvice in Jezersko/ Rimski Vrelec/ Bled."*

O sobrenome dela é Rimsky. A diferença na última letra já seria suficiente para deduzir que não se trata da mesma família. No entanto, ao virar a página e ver a primeira fotografia,

uma queda d'água

experimentou a emoção do viajante quando escolhe um caminho que o levará a um lugar desconhecido. Ignora se seus avós preferiram transformar o passado em algo desconhecido ou se seus pais não demonstraram interesse em conhecê-lo. Sua história familiar sempre foi mais uma pergunta sobre o esquecimento do que uma certeza à qual se agarrar, fragilidade esta que foi transferida para o nome, quando os imigrantes viam como o funcionário chileno da alfândega registrava os Cohen como Kohen, os Levy como Levi, de modo que Rimsky poderia ter sido Rimski.

Uma menina de maiô sentada numa pedra rouba a atenção suscitada pela queda d'água no segundo plano.

As informações familiares que conseguiu reunir falam de uma bisavó materna em Odessa e de uma avó nascida no navio que a trazia ao Chile. O avô materno vivia em Kiev; aos 14 anos, com seu melhor amigo, alguns irmãos pequenos e o pai, atravessaram a Europa para embarcar rumo à Argentina. Dos que permaneceram na Ucrânia (entre eles, seu bisavô), não conseguiu descobrir nada. O avô paterno vem de um vilarejo chamado Ulanov, situado em algum lugar entre a Moldávia, a Polônia e a Ucrânia. A avó paterna nasceu em Cracóvia, embora depois tenha morado em Varsóvia. Todos emigraram para a América entre 1906 e 1918. O resto é uma confusa dívida imemorial: o cheiro dos vestidos das velhas de olhos claros sentadas em um canto sombreado da piscina do Clube Israelita, observando atrás do véu de seus chapéus os netos chilenos; os tecidos dos vestidos trazidos no barco; o hálito que exalavam as bolsas quando elas procuravam um doce antigo para a neta da amiga. Tudo isso representou desde sua infância aquelas terras inomináveis.

A queda d'água e a pedra
em primeiro plano,
vazia.

Ao encontrar o álbum fotográfico no mercado de pulgas, já havia planejado uma viagem à Ucrânia. Como seu interesse não era encontrar parentes ou o nome num túmulo, decidiu que buscar a origem das fotografias poderia ser um destino tão real quanto.

A adolescente de maiô levanta os calcanhares
do chão e estica os braços para o céu,
a bola saiu para fora do quadro
e o movimento congela.

Álbum de fotos encontrado no mercado de pulgas
da avenida Arrieta, em Santiago do Chile.

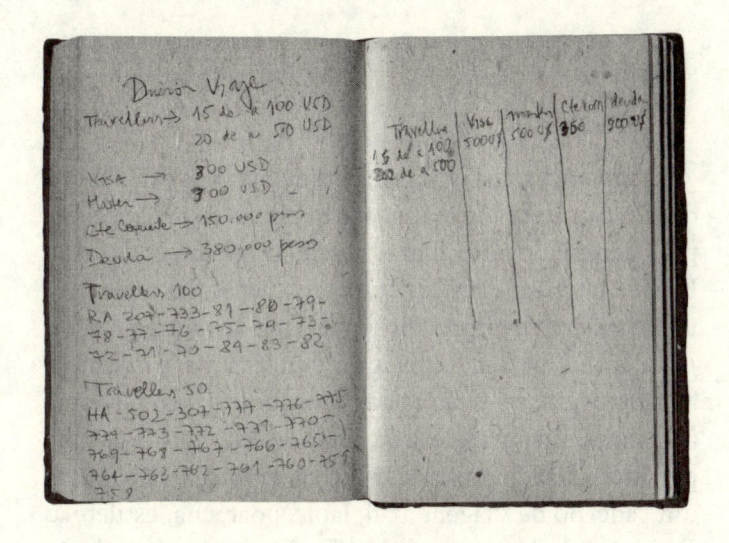

O dinheiro que ela esconde na pochete fúcsia, debaixo da calça e em volta da cintura, é o laço que a mantém presa à realidade.

BAGAGEM

Na mochila com rodinhas, leva duas calças e um short, quatro camisetas de manga curta e duas de manga comprida, dois pulôveres. Um canivete comprado e afiado na Pasaje Matte, um cantil de bolso, um cachecol de seda azul, uma jaqueta de couro aposentada pelos bombeiros, *As flores do mal*, de Baudelaire, uma lanterna made in China, havaianas amarelas para não pegar fungos nos chuveiros (sua mãe), um gorro de lã de Chiloé, uma mão de Fátima para dar sorte, um par de brincos em forma de pássaro, um caderno de viagem azul, lápis, borracha, estilete, o *Dicionário da língua espanhola – Tarefas escolares,* da coleção Zig-Zag, três disquetes, um prato de plástico verde comprado no mercadão La Vega, anti-inflamatórios, uma foto de sua bisavó com sua mãe tirada em Valparaíso e outra de seu bisavô com sua bisavó, um estojo com linha preta, vermelha, branca e agulhas (seu pai) e o livro *Imagens de pensamento,* de Walter Benjamin. Numa bolsa de mão, leva a passagem aérea, o passaporte e um caderno de capa branca com endereços. Numa pochete fúcsia que guarda debaixo da calça, leva os cartões de crédito, cheques de viagem de 50 e 100 dólares, um xerox do passaporte, o recibo original dos cheques de viagem e três notas de mil pesos para sua volta a Santiago.

Passaporte emitido em 30 de outubro de 1998
e que venceu em 30 de outubro de 2003.

Terça-feira, 22 de dezembro de 1998,
Aeroporto Heathrow, Londres

O funcionário da Migração que confere meu passaporte não dá importância para o domicílio. A palavra "Bilbao" não significa para ele a casinha no final do beco, a janela da cozinha de onde construo a história dos meus vizinhos, a ausência de Y. O carimbo cai numa folha em branco. "Nada se conhece, apenas se aprofunda no próprio abismo..." (*As flores do mal*, de Baudelaire, comprado na feira de Achupallas e citado de memória).

Quarta-feira, 23 de dezembro

Ouço as primeiras palavras que nomeiam em outro idioma os objetos familiares enquanto examino um mapa do metrô de Londres. As estações evocam a jovem inteligente na festa da sra. Dalloway, a americana de Henry James, a bêbada de Jean Rhys. Quando eu estiver nelas, evocarão a vida que não levo nas estações Salvador, Los Héroes e Cal y Canto do metrô de Santiago.

ESTAÇÕES

Kilburn. No chão da plataforma, sentido Elephant & Castle, tem um cachecol de lã cinza. As pessoas passam e não o veem. Quando ela entra no vagão, o cachecol continua ali.

Baker Street. Ela tenta comprar papel higiênico num mercadinho indiano e recebe papel de seda.
– *It's my pronunciation* – desculpa-se.
– *It's our pronunciation* – zomba o imigrante.

Piccadilly Circus. Antes de deixar o Chile, ela recebe a visita de um amigo jornalista reconhecido pelo impressionante acúmulo de informações objetivas que armazena na memória. Está acompanhado de seu filho Rafael. Aos quatro anos de idade, ele sabe os números de cinco linhas de ônibus e já viveu a experiência de viajar da esquina de sua casa até o ponto de ônibus com sua avó. Os imigrantes que pegam o metrô, sua experiência da cidade, os cheiros, a luz, os sons e a passagem do tempo correspondem aos fragmentos que eles encontram ao sair das estações.

Kensington Garden. Como a sra. Dalloway, em vez de fazer a lista de convidados para sua festa, ela calcula quanto dinheiro tem para almoçar.

Charing Cross. Os enfeites natalinos tremulam com o vento que antecipa a chuva. No bar, um africano abraça uma inglesa de pele branca que chora. – *Good girl. You don't have family?* – pergunta o africano, e a loira continua chorando. – *No problem. You are very sweet* – diz, empurrando-a suavemente até a boca do metrô.

Leicester Square. Um grupo de estudantes colombianos e porto-riquenhos gritam e riem como autênticos latinos na mesa de um pub. A moça escocesa que está com eles mal consegue parar em pé: – *It's so funny, so funny.* Na outra extremidade da mesa, um jovem inglês usando um casaco 100% lã fica ruborizado. – *It's so funny* – repete a escocesa, batendo a testa na mesa.

Green Park. Dois amigos gregos entram em um restaurante grego do centro. O garçom oferece a eles sua própria comida em inglês com sotaque grego. Os clientes respondem em inglês com igual dificuldade. Quando terminam de jantar, os três desejam *Happy Christmas* uns aos outros.

Kilburn. Às dez da noite de 24 de dezembro de 1998, deslocam-se pelo subterrâneo de Londres um paquistanês, dois africanos, um asiático, dois colombianos e uma chilena. Em algum lugar da superfície, a família real abre seus presentes.

Tottenham Court Road. Ela perde o gorro de lã de Chiloé.

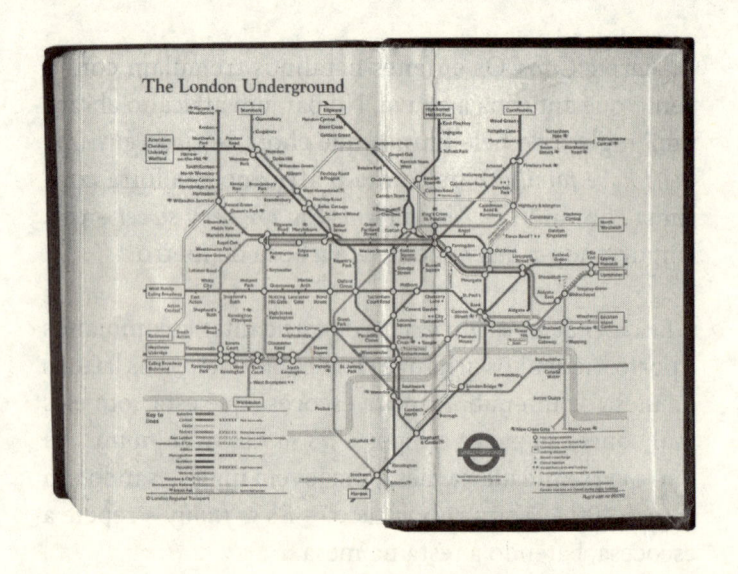

Mapa do metrô de Londres da agenda que um militar inglês aposentado que lutou contra o IRA lhe dará de presente no Chipre do Sul.

Na encosta de um morro, diante de uma montanha nevada, duas mulheres e uma menina estão sentadas na grama com os joelhos dobrados.
A mais velha fuma um cigarro, a menina olha para a lente da câmera, a moça, que usa um colar de pérolas em torno do pescoço, se inclina para frente de olhos fechados.

Sábado, 26 de dezembro,
Aeroporto Ben Gurion, Tel Aviv

Uma luz azulada se derrama sobre o piso de ladrilho. O Terminal, a Alfândega, os passageiros, os pássaros da manhã não acordam. Faz frio.

VITRINES

No trajeto do aeroporto até o centro de Tel Aviv, insinuam-se os sinais de sua precariedade. Os prédios cinzentos e descascados, as janelas enferrujadas, os terrenos baldios entre hotéis cinco estrelas, construções inacabadas ou com tapumes, montes de areia, tubulações e blocos de cimento dão conta da possibilidade diária de um desmoronamento. Fragilidade que contrasta com o burburinho estridente das avenidas, buzinadas, conversas aos berros, marteladas. As pessoas vão e vêm, ninguém sabe de onde vêm e para onde vão, os sapatos esmagam as frestas por onde ameaça sair a desídia, o prazer, a dúvida.

Na entrada dos estabelecimentos de fast-food há um ferro atravessado por finas fatias de carne de cordeiro que gira na frente do fogo. O funcionário raspa meticulosamente a carne com a faca até que o prato de alumínio fique cheio de lascas, que ele introduz num pão pita recheado com salada e molho, embrulhado em papel manteiga. O processo se repete por horas e dias, todos os dias do ano a qualquer hora. Enquanto houver carne para assar, o ferro continuará girando na frente do fogo.

PORTAS

No centro de Tel Aviv há um bairro, a uma quadra da avenida Ben Yehuda, que lembra um melancólico vilarejo do Norte do Chile ou da Polônia. É verdade que estão começando a surgir restaurantes, ateliês de arte e lojas de suvenires, mas o desleixo, as casas afundadas sob o nível irregular da rua, a música alta, os vizinhos conversando sem camisa na calçada fazem esquecer a cidade moderna que está a poucos passos dali. Entrever o que as portas escondem é o que motiva o viajante a caminhar pelas cidades. Um misto de reserva e respeito o impede de prolongar a observação pelo tempo necessário; faminto de imagens fugazes, será necessário completá-las com a imaginação.

Pela fresta de uma porta, vislumbra uma sala desprovida de decoração, com as cadeiras apoiadas nas quatro paredes e a mesa cheia de livros. Dá a sensação de que quem se reúne aqui para rezar mora longe do bairro, da cidade, de Israel. Subindo a rua, há um estabelecimento. Algumas mesas do lado de fora sugerem que se trata de um café. O interior está atulhado de livros, cadeiras em mau estado, garrafas, caixas, vidros quebrados... Um homem de barba comprida e descuidada, sentado em frente a uma escrivaninha de metal, observa um moço de jaqueta preta gasta nos cotovelos descascar batatas. O borbulhar da água na panela indica que se trata de um restaurante onde o filho representa há anos o ato de preparar a comida, enquanto o pai reclama de como os negócios vão mal e os clientes se esquecem de vir.

Pela rua, surge um grupo de velhos religiosos. Eles seguram os livros abertos tão perto do rosto que as letras traçam ao mesmo tempo o canto e a paisagem do gueto narrado por Sholem Asch.

– Estão rezando para a lua cheia – explica o pai, inclinando-se à passagem dos velhos. – E você, de onde vem?
– Do Chile.
– Há judeus no Chile?
– Sim.
– Quantos?

Ela diz uma cifra qualquer. Os religiosos param um pouco antes da esquina. No estabelecimento, iluminado por uma lâmpada pendurada no teto, ouve-se uma melodia popular hebraica. O jovem corta os ossos e joga-os na panela. O pai alisa as sobrancelhas espessas, talvez esteja pensando, talvez não. Da rua, aparece um moço vestido na moda. Seus gestos veementes expressam a satisfação de ter finalmente encontrado a oportunidade que merece. Ao ver o estabelecimento vazio, ele acha inacreditável que aqueles dois continuem presos à sua incredulidade. Discute com o pai e no meio do debate se volta contra o filho, que serve o caldo em três tigelas, corta um naco de pão e põe tudo em cima da escrivaninha.

O visitante examina as panelas gordurosas, desce os olhos pelas costas encurvadas do seu amigo de infância, se detém nas manchas de óleo, nos pratos lascados, então desaba na cadeira, molha o pão no caldo, enfia-o na boca e afasta a tigela. Aqueles dois não vão convencê-lo a desistir. Procura um pedaço de papel nas prateleiras e debaixo dos volumes de livros. Encontra um caderno, em que transcreve em voz alta os dólares que pensa em ganhar com a oportunidade que merece. Quando levanta a cabeça da soma gigantesca, vê o amigo com as mangas da camisa arregaçadas lavando as tigelas, enquanto o pai ouve as notícias num rádio velho. O jovem joga o caderno e sai do estabelecimento.

– Neste país estão todos loucos. Vou embora para a América – diz, e se retira sob a lua cheia.

O filho pega o caderno e coloca-o em cima de uma pilha de livros empoeirados. É por isso que eu gosto de portas. Se não tivesse entrevisto a casa de orações, o que aconteceu depois não teria se revelado para mim.

Sexta-feira, 8 de janeiro de 1999

Os moradores de Tel Aviv comparam sua cidade com Nova York, mas ela se parece mais com a Santiago dos anos 1970.

JANELAS

Nos prédios antigos de Tel Aviv, há o costume de baixar as portas de aço para se proteger do sol de verão. É inverno e elas continuam fechadas.

Caminhando pelas vielas da ortodoxa Safed, ela para em frente à pequena sinagoga de Abuhav. Ao longo da sala, há duas fileiras de assentos viradas uma para a outra. Assim como em certos trens, apesar da proximidade, quem reza evita cruzar os olhares, mas aqui não há janelas para olhar para fora. Nos arredores da cidadezinha funciona a escola da Torá e, em frente a ela, o cemitério. A qualquer hora, figuras de preto vêm e vão apressadas entre a escola e os túmulos iluminados dos rabinos santos. Mais adiante do cemitério, da escola, do caminho, há um grande lixão. Para um palestino de Akko, o problema dos israelenses é que eles são "*insight*". Não precisam abrir as portas de aço. A serpente morde a própria cauda.

RODOVIÁRIA

Perto da estação de ônibus, em meio a vendedores de drogas e prostitutas, há um calçadão de pedestres abarrotado de lojas que vendem cerveja a preços populares. O chão está coberto de cascas de sementes de girassol que os bebedores jogam na boca entre um gole e outro. São homens corpulentos, rudes, de pele branca e olhos claros. Emigraram da ex-União Soviética, moram nos subúrbios de Tel Aviv e se refugiam perto da estação rodoviária. Embora não vão a lugar nenhum, o limite é o único lugar possível.

РИМСКИЙ МИТНИК ГОЛФСТЭЙН СТЭК БАСС

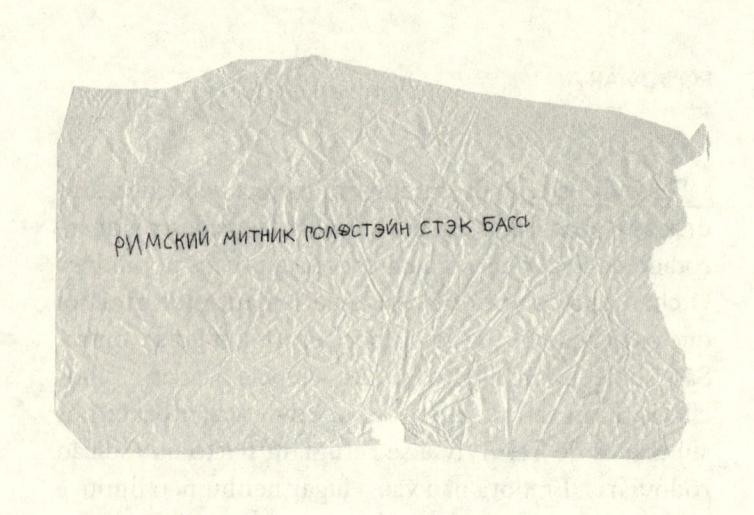

Seus sobrenomes escritos em ucraniano por R. Nascido na Ucrânia, viveu até os 33 anos na Califórnia. Em 1998, emigrou para Israel, mas ali também não se sentiu confortável. Quando o encontra no Sinai, ele planeja voltar à Ucrânia para procurar uma namorada que teve aos 13 anos e que, na época, não soube reconhecer como seu verdadeiro amor.

ÁLBUM DE FAMÍLIA

No Museu da Diáspora, sob a luz melancólica que circunda o caminho, o barco, a mala, o passaporte, há um cadastro digital em que os visitantes se informam sobre sua árvore genealógica. Ela escreve seus sobrenomes num papel.
– Sinto muito – diz a funcionária.
– Não existem?
– Não estão registrados.

TECELÃS

Toda vez que a viajante se aventura em um novo lugar, sente um comichão por dentro. Numa manhã de janeiro, chega a Safed, nas colinas de Golã. No guia de turismo, lê: "Bela cidade na montanha com uma rica herança da mística judaica, abençoada com uma vista maravilhosa". A estação rodoviária fica numa curva do caminho, no sopé da cidade. "E se eu seguir até o lago de Tiberíades?", se pergunta. O motorista termina sua sesta e entra no carro. Passar reto, ficar... No caderno azul, escreve as cidades de destino, as cidades de passagem e as cidades que ela não encontra. Poderia deixar a mochila no guarda-volumes e dar uma olhada rua acima, porém, se decidisse ficar em Safed, teria de voltar para buscar a bagagem e subir a ladeira novamente até o centro. Existe um caminho certo e um errado?

Subindo a rua, cruza com um grupo de meninas, os vestidos cobrindo seus tornozelos, pescoço e braços. Telefona para a dona de uma hospedagem barata. Marcam de se encontrar na pensão em dez minutos. "E se ela voltar para a estação?". Shoshana tem o cabelo grisalho, comprido e desgrenhado, saem pelos do seu queixo e ela quase não tem dentes. A mochileira a segue até um quarto pequeno e sujo com cinco camas duras. Deve estar acostumada a ler a decepção nos turistas, pois imediatamente se mostra amável, e ela, incapaz de dizer que não, acaba pagando os 30 nis (3 mil pesos chilenos) que a mulher cobra pela noite. Sai do quarto furiosa. "O que está procurando? Uma janela pela qual avistar um pedaço de cidade ou uma paisagem e uma mesa onde pôr o computador." Em vez disso, encontra-se novamente nas ruas. Um pequeno templo a faz lembrar de seu avô e da modesta sinagoga (quando as sinagogas em Santiago eram modestas) no segundo andar de uma casa em ruínas da avenida Independencia, com cestas cheias de amendoins para as crianças. Ela segue um homenzinho enfiado num longo casaco preto, usando um chapéu da mesma cor. Deixam o centro para trás, avançam por morros pedregosos banhados pela luz do entardecer. Entre fragmentos de lápides retorcidas e arrastadas por um desmoronamento de tempos imemoriais, de modo que é impossível discernir se você está caminhando pela trilha ou por um túmulo, os religiosos circulam como formigas.

O sol empurra o hálito das nuvens sobre os morros. Três garotas chegam a um túmulo sagrado iluminado por uma lamparina a querosene. Seguindo o costume, juntam pedras e as colocam em cima da campa. A moça com um vestido em forma de saco segura um livro de orações entre as mãos. A segunda se senta numa pedra e a terceira acende um fósforo, espera até que a chama se apague, mas a dor a faz soltá-lo antes.

– Me contaram que viram o Ari tomando sorvete com a Ester – diz, testando um novo fósforo.

– É uma traidora, mas eu vou me vingar.

– Mas foi você que terminou com ele – berra a garota, soltando o fósforo queimado com um gritinho.

– Como vocês são crianças – a ortodoxa as repreende.

A intensidade do céu prestes a escurecer recorta as silhuetas da jovem ortodoxa, da ex-namorada do Ari e da garota dos fósforos. A viajante está a vários metros de distância, acompanha seus movimentos, não consegue ouvir o que dizem. Mesmo que se aproximasse, elas falam em hebraico.

Shoshana, a romena com pelos no queixo, oferece uma maçã à sua hóspede, e ela, um cantil de vodca. O frio, a solidão ou a pobreza favorecem a intimidade. A velha lhe conta que seu marido a trocou por outra, levou o dinheiro e deixou três filhos. Eles se casaram e agora ela mora sozinha. Diz isso rindo como se fosse uma piada de mau gosto, como se tivesse acontecido com outra pessoa, com a turista. Zomba dos ortodoxos que levam o celular debaixo do casaco preto e se emociona ao lembrar do dinheiro que gastou para salvar um cachorro que acabou morrendo. Recomenda à mais nova ter um filho, porque não é bom ficar velha sozinha. A hóspede responde que, mesmo com três filhos, ela também está sozinha. "Ah, eles me telefonam", sorri.

Hoje escreve na cozinha, em cima de uma velha toalha de plástico, com o barulho intermitente da geladeira, diante de uma janela minúscula através da qual avista uma árvore e uma nuvem. Já pagou os 30 nis desta noite. À tarde, percorrerá as ruas, talvez vá ao cemitério e se sente numa pedra ou num túmulo até dar a hora de voltar para o quarto. Fará tanto frio que ela se enfiará na cama. Shoshana aparecerá arrastando as pernas. Como na infância, quando segurava em volta dos punhos a lã que sua avó enovelava, Shoshana desenrolará, noite após noite, ao preço de 3 mil pesos chilenos a noite, a história que a hóspede enrolará em seus punhos.

SESSÃO DE CINEMA

Seis espectadores assistem ao filme francês exibido na matinê da cinemateca da rua Carlebach. Na fila G está sentada uma mulher magra com uma parca vermelha. Suas mãos acariciam um pequeno rinoceronte de pano com a força de quem se encontra à beira do abismo e não tem aonde se agarrar. Quando o filme termina, as ruas são invadidas por pessoas que saem para se divertir ou voltam de uma tarde em família. Entre elas, caminha uma mulher de parca vermelha segurando um rinoceronte de pano, seguida por uma mulher de jaqueta de couro que não tem para onde ir. Na sessão vespertina da cinemateca da rua Carlebach, Romy Schneider se apaixona por Michel Piccoli.

Anotações de Tel Aviv registradas no caderno azul.

VIAJANTES DO TEMPO

  Bowles, Potocki, Maupassant, Gide viajaram para abrir janelas e descobrir mundos não apenas geográficos, como também imaginários. Atualmente, a viagem é uma questão de meteorologia. Quando o outono se aproxima da Europa Central, os viajantes modernos se deslocam para o lado ensolarado. Entre os hóspedes do albergue n° 2, há um suíço que trabalha na vindima, um escocês que carrega pacotes no cais, um alemão que embala produtos manufaturados e um holandês que trabalha de garçom. Quando se aproximar a primavera, eles voltarão a seus países. Como nem sempre arrumam emprego em sua cidade natal, terão de se deslocar a lugares tão desconhecidos quanto Tel Aviv. O escocês que trabalha como carregador está cansado dessa vida. Gostaria de ter a segurança de um emprego e uma aposentadoria como a de seus pais, mas isso já não é possível. Depois de seis ou oito horas de trabalho, o alemão, o holandês, o suíço e o escocês voltam ao albergue n° 2, tomam banho e bebem cervejas até a hora de dormir. Às vezes sentem que caíram na rotina e voltam para o albergue n° 1.

COEXISTÊNCIA

No mercado de pulgas de Old Jaffa, o único setor da cidade onde convivem judeus e muçulmanos, ela encontra um cobertor de penas de ganso igual ao que herdou de seus avós. Não está lá a cama com cabeceira de pelúcia, mas sim a bailarina que dançava na mesinha em forma de S, não está a corda que a fazia dançar, mas sim o pequeno elefante de bronze, não o domador, mas sim o anel de compromisso, não o dedo, mas sim o caderno que ela usava no ensino fundamental, não as palavras ma-mãe, de-do, da-do.

Ulanov escrito pelo professor B, da Universidade
de Tel Aviv, no caderno branco.

ÁLBUM DE FAMÍLIA

O Departamento de Estudos Ucranianos da Universidade de Tel Aviv é um conjunto de escritórios minúsculos. O professor B olha ansioso para o relógio sob os livros pesados com lombada de couro que ameaçam despencar na sua nuca.

– Sinto muito – diz, depositando o volume consultado em cima da mesa coberta de livros. – Deve ser um povoado, ou mudou de nome depois da revolução.

– Talvez em outro livro – sugere a visitante.

O professor B tem uma mancha vermelha no pescoço. Nela também, quando fica nervosa, sai uma mancha vermelha, mas a dele, de tanto tê-la, ficou impressa.

– Talvez na biblioteca... – pede desculpas, mostrando os ponteiros juntos marcando meio-dia.

Uma ilha fotografada do continente.
Avista-se a torre de uma igreja.

Na ponta da mesa, uma mulher pálida e desmazelada, com o cabelo loiro preso num coque, inclina-se sobre uma pequena panela de comida. Não fala inglês, apenas ucraniano. A visitante lhe mostra a folha do caderno escolar encapado com papel de seda branco, onde o professor B escreveu o nome do povoado que ela procura. A bibliotecária tampa a panela, sobe resignada dois degraus da escadinha de mão, retira um livro de couro vermelho, examina-o e coloca-o novamente no lugar, sobe mais dois degraus, pega outro livro, desce a escada e abre o volume num mapa da Ucrânia.

– Ulanov – aponta.

A visitante não vê nada.

– Ulanov – insiste a mulher, indicando um ponto minúsculo numa linha férrea.

A visitante tenta ter uma ideia da localização da cidade natal do seu avô paterno, mas os nomes estão escritos em cirílico. A bibliotecária dá uma olhada na panela, pega o caderno escolar e desenha uma linha férrea que termina abruptamente num ponto.

– Vinnitsa, Ulanov – diz, dando de ombros.

ESQUINAS

Todas as manhãs, entre os dias 10 e 20 de janeiro de 1999, uma turista chilena cruzou a esquina da Ben Yehuda com a Gordon, no centro de Tel Aviv.

Todas as manhãs, entre 1925 e 1960, León R saiu de sua casa na rua Maruri, 329, virou na Lastra, atravessou a Picarte, a Independencia, a avenida La Paz e parou em frente à sua mercearia no mercado La Vega.

Qual dos dois, a turista ou o emigrante, persiste no traçado da cidade?

43

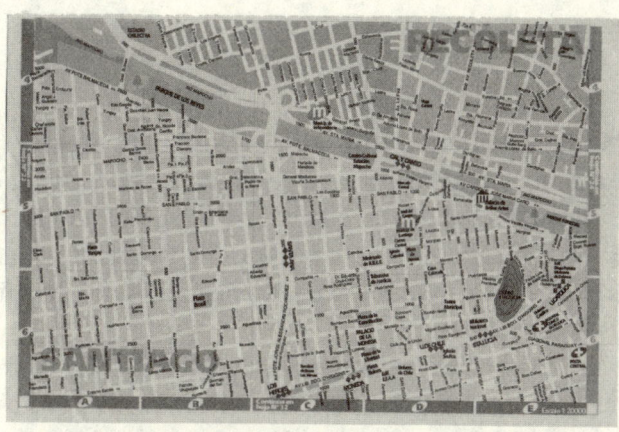

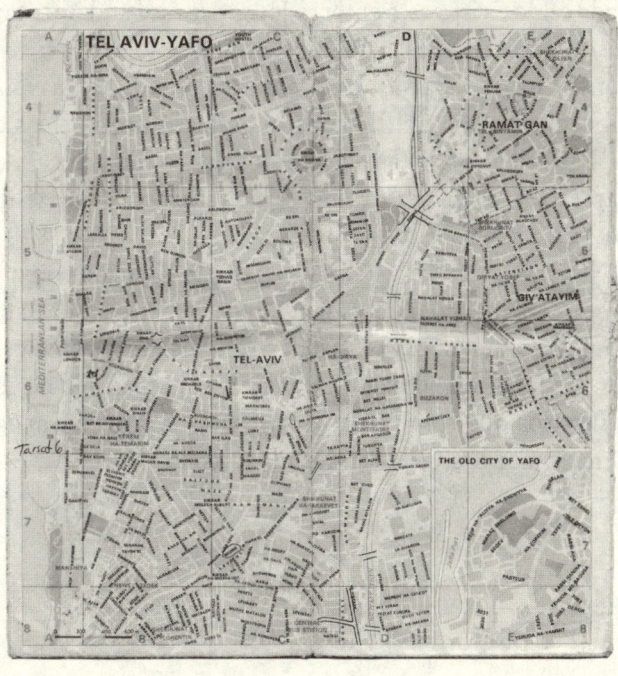

FIÉIS

Cidade Velha de Jerusalém. Às dez da manhã de sexta-feira, os helicópteros do exército israelense vigiam os muçulmanos que frequentam a mesquita no último dia do Ramadã. Às seis da tarde, os helicópteros vigiam os judeus que vão ao Muro das Lamentações no primeiro dia do Shabat.

Às oito da noite, a cidade está fechada: lojas de suvenires, mesquitas, sinagogas, igrejas ortodoxas, católicas, a abóbada onde Cristo está enterrado, as pedras fundamentais, restaurantes gregos, armênios, italianos, lojas de tapetes, confeitarias, padarias, o homem que vende *homus*... No albergue para mochileiros Tabasco tocam músicas de Bob Marley e turistas do mundo inteiro tomam cerveja barata, escrevem cartões-postais ou assistem a um desfile da Versace pela TV a cabo.

Nas casas árabes, celebra-se o fim do Ramadã com um jantar magnífico. Nas casas judias, celebra-se o Shabat com um jantar sóbrio. No bairro alemão da cidade nova, um grupo de ortodoxos atira pedras em um grupo de não religiosos que resolveu abrir um bar durante o Shabat. À meia-noite, a Cidade Sagrada dorme.

PAÍS REAL

Na primeira vez que caminha pelo bairro judeu de Jerusalém, ela encontra o dono de uma livraria localizada no porão de um convento construído durante as cruzadas. O local pertence a uma geração pouco tolerante com não religiosos como ela, considerados "católicos".

– Nós vamos vencer, sabe por quê? Vocês não têm filhos. Já um religioso tem sete ou oito crianças.

– E todos os filhos acabam sendo religiosos?

– Alguns se rebelam. Faz parte do crescimento buscar a própria identidade, mas quando formam uma família percebem que só podem educar os filhos como seus pais fizeram com eles, então voltam para o caminho.

Os livros, que ocupam a sala principal e os depósitos, estão puídos, manchados, empoeirados. O homem os odeia por terem-no arruinado.

– Antes eu gostava de livros e de ir ao cinema, agora quero realidade, a realidade é a única coisa que me interessa – aponta para o computador com o qual envia uma newsletter sobre judaísmo para milhares de assinantes reais, que o servidor retorna como inexistentes.

No sábado, almoça na casa de um religioso que trabalha na IBM. O homem já tem três filhos e a esposa espera um quarto.

– Fui educado numa família religiosa, mas não quis continuar estudando as Escrituras. Quis trabalhar, sair para o mundo real. Depois de uns anos, me perguntei o que queria da vida real: os bens materiais não me satisfaziam, eu precisava de algo espiritual, que transcendesse, precisava fazer alguma coisa para melhorar o mundo.

– E o que você fez?

– Bem – responde detrás de sua longa barba –, me casei, tive filhos e vou educá-los como bons judeus, honestos, que façam o bem.

É impossível não simpatizar com esse pequeno ser apregoando de uma poltrona desmantelada em meio a fraldas e mamadeiras. "O único sentido de estar aqui é porque fomos escolhidos para ser a consciência do mundo. Se formos honestos, se agirmos de acordo com a verdade, o mundo terá um exemplo em que mirar. Não importa se agora escolheram outro caminho: nós continuaremos estudando a Torá, sendo honestos e, em algum momento, eles vão perceber que é possível lidar com a tecnologia e viver com verdade. A guerra contra os palestinos não deve ser vista de forma política. Deus colocou essa provação para nos impedir de seguir o caminho fácil do prazer e do conforto, agora que temos um Estado."

Ela ouve os sinos da igreja, o canto do muezim. As primeiras partículas de escuridão invadem os cantos da casa. No Shabat não é permitido fazer nenhuma atividade, nem mesmo ligar os interruptores, e todos os sábados, antes de cair a noite, a luz acende automaticamente.

Exodus, de Leon Uris, que Teodoro R deu de presente para Dora M em 1960, quando eram noivos, e que hoje faz parte da biblioteca da autora.

IRREAL

O bairro iemenita de Tel Aviv é formado por becos e casas de fachada contínua de um ou dois andares. As pessoas têm a pele escura e calçam babuchas. Até as crianças calçam babuchas. Ela imagina que os caminhos do Iêmen estão marcados por pegadas de babuchas, não há árvores e a terra é seca como aqui. Assim como num domingo na Maruri, os velhos põem as cadeiras na rua e acumulam sol para o inverno. Uma mulher de babuchas se aproxima da turista sentada na soleira. Por meio de sinais, explica que saiu para a rua porque não lhe deixam fumar em casa. Como o pai poderia aparecer a qualquer momento, esconde o cigarro na palma da mão e fecha os dedos. Tem 40 ou 50 anos, está um pouco louca, mas é amável e traz à turista uma xícara de café com biscoitos velhos. Como se estivessem há muitos domingos fazendo a mesma coisa, passa o cigarro a ela, para o caso de seu pai aparecer. A turista promete que voltará amanhã para almoçar na sua casa. A mulher está entediada, mas, com a turista, embora seja impossível conversar com ela, não se entedia.

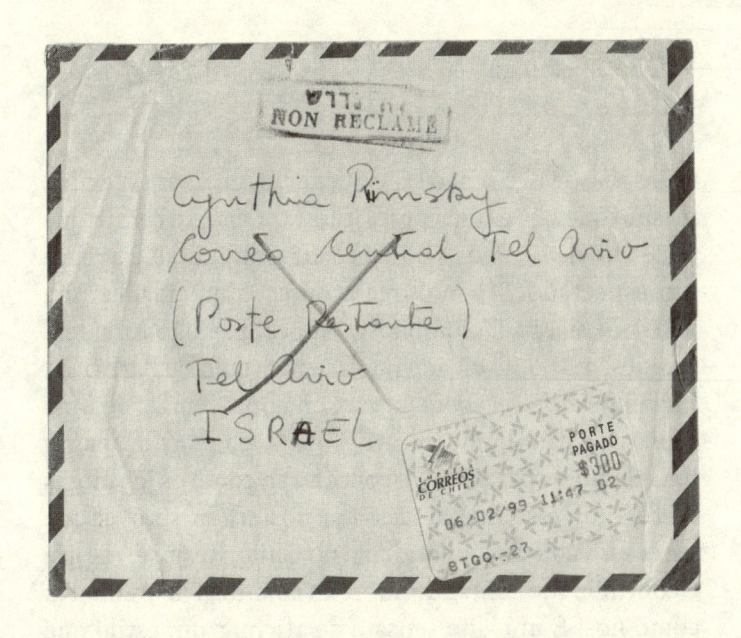

Carta enviada por Rita Ferrer ao serviço de posta-restante
do correio de Tel Aviv, devolvida ao remetente no Chile.

"Querida amiga:

Por acaso você já não sabe que ser judeu é ser no exílio, mesmo que seja em sua própria terra? Qual é o centro que você almeja se Deus saiu de cena no mundo e é apenas um espectador? (Viu o que aconteceu na cidadezinha de Armenia, na Colômbia? O Apocalipse não foi o terremoto, mas uma cidade inteira em estado de barbárie.) Fiquei feliz de receber sua carta há pouco mais de uma semana. Estranhamente, achei que 'a viagem' foi apenas uma desculpa para você se concentrar, como os jogadores de futebol, e se limpar dessa atmosfera miserável que parece invadir a vida cotidiana no Chile. Respire, respire e continue me contando sobre as cozinhas de mulheres como nós. É um jeito sensato de afirmar um estilo que às vezes me parece insustentável neste ambiente que a cada dia definha mais, perseguindo o 'progresso'. Aqui as coisas vão como o mel e o fel. O mel porque esta época é ideal para ficar em Santiago: meu jardim está lindo, e alguns cultivos especiais, como meus tomatinhos-cereja, me trazem muita alegria. Também é a época em que faço o abastecimento de conservas básicas para o ano.

Todos os dias acordo às 7h30 e assisto ao noticiário na TV até as 8h. Então, tenho uma hora e meia de leitura na cama com um bom café. Ultimamente tenho lido bastante, e quando você voltar vou te apresentar para 'um amigo' que pensa exatamente aquilo que você cita na sua carta sobre a ética judaica: honestidade, estilo de vida, verdade. Claro que ele é judeu (aparentemente, somos os únicos a passar a noite em claro pensando nessas coisas, que parecem 'ultrapassadas' para o resto da humanidade).

Todos os dias escrevo – ou pelo menos tento – por algumas horas, que normalmente são entre duas e cinco da tarde. Esse horário é ótimo para mim, porque minha casa é fresca nessas horas de muito calor.

Minha filha está me deixando louca. É uma boêmia incorrigível e eu vivo na corda bamba, porque as coisas na rua não vão muito bem e ela, que está só começando, se acha acima das circunstâncias à sua volta: nesse sentido, as notícias são tenebrosas. Outro dia assassinaram um garoto de 17 anos por um acerto de contas entre gangues e, desde então, todos os dias chegam notícias assustadoras de gangues juvenis de todas as regiões e você não imagina as perversões e a selvageria, fruto do mundo hostil em que levam suas vidas. De qualquer forma, ela está bem, e algumas experiências (passou uma noite 'em cana' por estar sem documentos na saída de uma discoteca em Maitencillo e na semana seguinte ela e uma amiga fizeram isso de novo) serviram para entendermos juntas que as coisas não dependem só de sua atitude pessoal, mas que é preciso levar em conta a mentalidade do contexto. Vamos lá... O fel: o silêncio típico do verão se confunde com o ar pesado de recessão que me deixa preocupada e impede que eu aproveite meu tempo livre, que, mais do que um descanso merecido, às vezes se confunde com o 'nada'."

MIRAGEM

Fronteira entre Israel e Egito. Ela caminha de madrugada pelo corredor que separa os dois países. As luzes de Aqaba (Jordânia), de Eilat (Israel) e da Arábia Saudita ficam para trás, a cercania faz pensar em quanta intimidade os inimigos compartilham.

Uma luz azulada destaca as montanhas rochosas que o sol ilumina teimosamente enquanto o mar Vermelho se torna verde. No final da estrada, um egípcio num desconjuntado Peugeot Station com a palavra "táxi" pintada na lateral se oferece para levá-la ao local onde estão os carros que viajam para Dahab. Alguns quilômetros adiante, o taxista para num descampado.

– E os carros para Dahab? – ela pergunta.

– *No cars* – responde o motorista, olhando para o punho como se a culpa fosse do relógio –, só o meu.

Ela está deitada numa pilha de almofadas dispostas em um retângulo de areia demarcado com troncos secos de palmeiras e coberto com tapetes à maneira de uma tenda beduína. Olha o mar, atrás dela as montanhas e, do seu lado, um chá preparado na brasa. Segundo o taxista, o trajeto até Dahab ficaria muito dispendioso para apenas uma pessoa. Numa bifurcação, saiu da estrada e entrou à esquerda. Quando ela quis perguntar o nome da praia, ele já tinha partido.

Um moço moreno de turbante azul a conduz até seu refúgio, uma cabana de bambu heptagonal com tapetes na areia, um colchão e almofadas. Ela volta à praia. Quando o sol fica muito forte, dirige-se à tenda beduína coberta com folhas de palmeira. Ao esfriar, volta para o sol. São os únicos movimentos que ela faz durante o dia.

De noite, sobe as dunas. Do outro lado, vê uma rua de terra rodeada de restaurantes e cabanas. Turistas leem ou tomam chá em volta das fogueiras. Um homem chamado Hassan a convida para a cabana de um amigo, onde comem doces deliciosos preparados por sua mãe. Eles a levam a uma boate sem licença para funcionar e assistem a uma novela egípcia em que o protagonista, sequestrado por beduínos e criado por europeus, tenta encontrar sua verdadeira mãe. Ao retornar, em meio à escuridão, percebe que caminha ao lado de dois estranhos, não sabe onde fica seu alojamento nem qual é o nome do vilarejo. As solas dos seus pés começam a suar. Relembra o que um marroquino lhe disse anos atrás: "Só pode acontecer com você aquilo que você quer que aconteça". Surgem novamente as estrelas, o som do mar Vermelho, as luzes do vilarejo, as dunas, seu refúgio.

De manhã, toma café com leite recostada nas almofadas em frente a um mar calmo e silencioso. Às vezes também come uma omelete ou salada com queijo feta. O primeiro a passar é o homem que aluga cavalos. Depois vêm os beduínos com seus camelos. Duas vezes por dia passa o barco branco que vai do porto de Nuweiba a Aqaba.

Ao meio-dia, caminha pelo vilarejo. Em cada alojamento por onde ela passa a convidam para tomar chá. Issa fala sobre o Sudão; Mohamed, sobre a família beduína que o abandonou em um internato no Egito e passava para visitá-lo com a caravana todos os anos. Falam do sentimento de não pertencer a lugar nenhum. Através das histórias, ela visita o Sudão, o Chade, o Cairo, a Europa. Enquanto sua mente viaja, seu corpo desmorona. Aqui, todos anseiam pelo verão, porque fica cheio de gente dormindo na praia, fazem festas à noite e a temperatura chega a 48 graus. Mesmo agora, que é inverno, o calor dá preguiça e é preciso fazer um esforço enorme para realizar qualquer tarefa. Hoje, levou o dia inteiro para chegar ao vilarejo. Estava esquecendo, queria comprar laranjas.

No glamoroso Helnan Hotel de Nuweiba, um grupo musical sudanês toca "My Way", "Bésame mucho", reggae e folclore do Sudão. Deitados em almofadas, fumando tabaco sabor maçã em um narguilé, ouvem um homenzinho de pulôver preto e calças brancas cantar de olhos fechados. Sua voz aguda evoca uma ópera japonesa. Issa, os sudaneses, a inglesa e a chilena dançam. O cantor a convida para tomar chá com conhaque no seu quarto para lhe mostrar suas composições. A viajante já conhece o jogo e diz a ele que "amanhã". As famílias egípcias se entediam.

T é uma estudante de antropologia israelense que veio se preparar para a prova de conclusão de curso escondida de seus pais. "Minha mãe diria: pelo amor de Deus, o que está fazendo aí? Saia já desse lugar de perdição." A mãe de T está certa. Este é um dos poucos lugares onde os israelenses se relacionam com os árabes. Como fica fora de mão, Deus só pode vigiá-los de soslaio. Os árabes riem e dizem que os israelenses se limitam a ler, comer e beber.

Às quatro da tarde, invariavelmente caminha pela praia até City Beach, o único acampamento onde vendem cerveja. Geralmente há um holandês empenhado em se embebedar e se drogar, e um homem bonito parecido com Paul Bowles que chegou aos 60 anos e agora se sente com 22. O DJ põe música egípcia e as montanhas da Arábia Saudita parecem ora reais, ora um cenário, uma fantasia, uma ausência. O mar tinge-se de vermelho. Calmaria.

Ela parou de se preocupar com a segurança, o dinheiro, a câmera fotográfica, começou a esquecer que é uma jornalista chilena que veio escrever uma reportagem.

O táxi corre a 120 quilômetros por hora. A areia de noite parece neve. Os dois italianos, o francês e a chilena chegam à uma da madrugada no monastério de Santa Catarina, construído no século IV (a.C.) pela imperatriz Helena. O plano é ver o amanhecer do cume do monte Sião (2.285 metros), onde Deus entregou a Lei a Moisés. Caminham por uma hora e meia até uma escadaria esculpida na rocha. São 5.700 gigantescos degraus que levam ao topo. Suas pernas enrijecem e ela precisa usar os braços para levantá-las. Vai ficando escuro. Para não morrer de medo, lembra-se do Volvo vermelho de Moisés M, nos domingos ao meio-dia, quando passava para buscar os netos e levá-los aos Juegos Diana da avenida Alameda, da parada no café Haiti da rua Ahumada, da língua desconhecida que ele usava com os amigos, da conhecida pelos netos: "Vocês devem ser obedientes e bons, não causar sofrimento aos seus pais, que fazem tudo pelo seu bem, senão Jeová, que observa do céu, vai castigar vocês". Uma vez, depois do café Haiti, levou-os a um apartamento da rua Miraflores onde uma viúva lhes deu bombons. Anos depois, sua neta descobriu que a mulher era amante de Moisés M. Naquela época, começou a duvidar se queria ser boa, obediente, respeitosa. Agora, com o abismo a seus pés...

No topo do mundo faz frio, um frio insuportável. Apesar do cobertor em que estão enrolados, é impossível dormir, ou é o que ela pensa ao ser acordada pelo grito de um guia religioso avisando a seus acólitos que o sol começa a nascer entre as montanhas onde Deus ditou a Lei a Moisés. Os coreanos correm para tirar fotos. O cume é tão estreito que, após clicarem a paisagem, estão com as câmeras apontadas para os quatro turistas enrolados num cobertor. Quando vão embora, aparece um pássaro vermelho.

Às quatro da tarde da quinta-feira 28 de janeiro, ela pega um táxi de volta para Israel. Esteve a apenas 40 quilômetros da fronteira.

ÁLBUM DE FAMÍLIA

Seu irmão e ela cresceram com a ideia de que o sonho do seu pai era conhecer Israel. Ambos prometeram que, com seu primeiro salário como profissionais (são a segunda geração de profissionais da família), arcariam com a passagem dele. O dia chegou e seu pai não quis viajar.

*Uma moça no topo do morro
contempla as neves eternas ao seu redor.*

Agora a filha dele espera no porto de Haifa pelo barco em que deixará Israel, faz fila para o controle policial. Ela sempre teve medo de policiais e militares. Em Israel, aprendeu a ter medo dos ortodoxos. Quando chega sua vez, os jovens e sadios israelenses fardados acham suspeito que, após dois meses, ela não tenha encontrado nenhum parente ou documento que comprove sua origem.

*Talvez seja o mesmo lago onde estava a queda
d'água. Ao fundo, quase invisível, há uma ponte
curva, como aquela de* A ponte na chuva, *de Van
Gogh. O fotógrafo deve ter achado a ponte linda,
pois a retratou sozinha.*

Poderia ter mencionado aos soldados as velhas ao lado da piscina do Clube Israelita, mas ela sempre odiou o Clube Israelita; na verdade, seu nome também não está registrado no cadastro digital da colônia chilena. Poderia ter mencionado o mercado de pulgas ou Walter Benjamin, a quem Adorno tentou levar à Palestina sem sucesso, o cheiro do *gefilte fish* que sua avó preparava ou a quantidade de pratos diferentes que ela cozinhava com um único frango. Poderia tê-los enumerado: *joledetz*, fígado refogado com cebola, consommé com *mondalej*, pescoço recheado, torresmo com salada de rabanete, frango assado, salpicão para o dia seguinte, mas os soldados não são imigrantes. É por isso que eles pegam seu computador, revistam seu corpo, metem as mãos na sua mochila, vasculham fotografias, cadernos, fitas-cassete e até telefonam para um escritor que ela entrevistou para checar quem ela é...

Em cima da ponte curva estão uma mulher e uma moça.
Da outra margem, aparecem suas silhuetas.

... a neta chilena de duas famílias emigrantes que entre 1906 e 1918 embarcaram num navio que não parou na Palestina.

Ao olhar a fotografia de perto
nota-se que os pés da moça estão pendurados
para fora da ponte sem tocar na água.

O apito do navio se afastando do cais de Haifa, a revoada dos pássaros noturnos voltando para a costa.

Quinta-feira, 11 de fevereiro, mar Mediterrâneo

Enquanto as novas línguas registram seus passos, a voz que a acompanha desde a infância se recolhe a um lugar tão íntimo que às vezes é preciso buscar as palavras esquecidas no *Dicionário da língua espanhola – Tarefas escolares*, da coleção Zig-Zag.

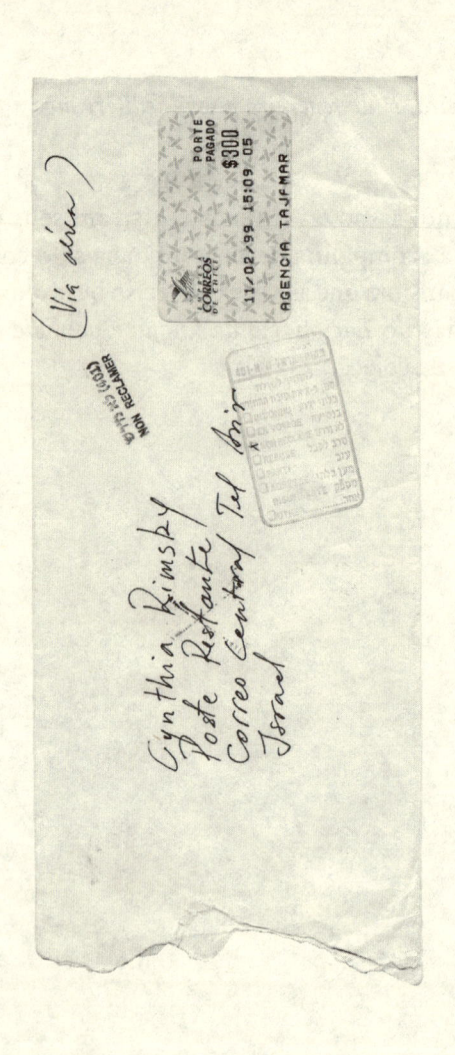

Carta enviada por A. M. Risco ao serviço de posta-restante do correio de Tel Aviv, devolvida ao remetente no Chile.

"Querida amiga viajante:

Hoje é um dia em que não consigo encontrar uma posição. Mais de trinta graus em Santiago e uma barriga que cresce – deixando todo o resto do meu corpo na qualidade de visita – são os culpados. Para escrever, apoio o braço esquerdo na cama e às vezes a folha fica perdida debaixo da minha pança. Enfim, eis o retrato pincelado da minha gravidez, à qual estou completamente entregue.

Antes de começar a te escrever, discuti a única proposta com que meu amigo Ignacio e eu concordamos para uma de suas tarefas. Trata-se de descrever sua obra pintada, e a ideia é esta: 'Várias pequenas coerências, uma ao lado da outra, atenuam uma incoerência maior'. De repente essa observação dele, escrita com mil erros numa folha em branco, me pareceu a imagem viva do mundo, e fiquei sem nada para dizer a respeito. Por isso decidi parar e reler a sua carta. Os trajetos, as distâncias às vezes esclarecem as coisas. Vejo que, pelo menos para você, isso funciona, e o mundo judaico em primeira mão fala contigo claramente. Pelo que você conta, acho que o judaísmo como sionismo é mais uma ideologia (nacionalista e, portanto, cagona como qualquer outra do tipo) do que uma corrente cultural e sanguínea, que talvez corra por outras vias com as quais você cruzará do jeito mais inesperado. Tomara. De qualquer forma, esse cenário bíblico que você descreve me enche de emoção, principalmente agora que um espírito de Virgem Maria me domina (essa piada é meio a sério).

Vou te contar minhas atuais ocupações:

– Pensar e trocar carinhos com o bebê (ainda inaudito, quer dizer, não sentido como ser que chuta dentro da minha barriga, o que não deixa de me preocupar um pouquinho).

– Fazer tarefas alheias, o que põe furiosamente à prova minha deserção teórica, como já te contei.

– Arranjar freelas desesperadamente.

– Organizar a grande viagem à ilha do fim do mundo. Gosto de dizer assim, agora que você está entre essas frestas antigas do mundo.

Você sabe que tem seu lugar privilegiado reservado lá e um namorado te esperando com todos os mimos. De modo que não deve ligar se eu te contar que meio mundo vai vir à casinha: Ale, Daniel, Vero, Gustavo, Ernesto, Cristián e Magdalena. Um capítulo à parte para ela: completamente desiludida com os ciclistas existencialistas e borocoxôs (os adjetivos são dela), decidiu se juntar a um grupo de cicloaventureiros fanáticos, musculosos e bronzeados, com quem ela viaja pela *carretera austral*.

Espero recebê-la por lá (em Chiloé) uns dias. Sozinha, claro, pois no meu estado tanta testosterona pode ser de mau gosto.

Querida: não quero que esta carta interrompa seu interessante estado de amnésia em relação a esta terra. Adoro saber que praticamente não existimos nas montanhas do Golan, a não ser como um confuso emaranhado de lembranças nessa sua cabecinha. Por favor, mantenha-nos nessa espessura, e que tudo surja para você como a vida verdadeira...

Abraços com carinho de P e de B, que, no meio disso tudo, se mandou para Nova York com sua avó e deu uma banana para o nosso folclórico passeio.

A. M."

PEREGRINAS

O *Sinfonia* pertence a uma geração de embarcações que nos anos 1950 tinha cassino, discoteca, bar, restaurante, loja de bebidas, butiques, casa de câmbio e cabines de luxo. Hoje, só um mercadinho de autoatendimento e o bar permanecem abertos. Os passageiros são comerciantes ou caminhoneiros vagando pelos tapetes puídos para matar tempo. Um camareiro de uniforme branco encardido a conduz até a cabine 167. Como é a primeira a chegar, escolhe a cama de baixo e retorna à sala onde um músico cipriota, um imigrante palestino que pretenderá desembarcar no Chipre e um californiano tentam seduzi-la. Não que eles a achem irresistível, mas uma viajante solitária está procurando sexo, senão por que viajaria? Nessa mesma ordem, tentam abraçá-la apenas como amigos, espremê-la ao dançar e embebedá-la.

De volta à cabine, descobre que a cama de cima está ocupada por uma moça que dorme vestida com o rosto coberto por um véu. O calor a faz girar continuamente, ela geme e joga os lençóis para trás, deixando os pés descobertos.

De manhã, vê as pernas dela deslizarem para o chão enquanto a túnica fica presa entre os lençóis. Nunca antes estivera tão perto de uma muçulmana. A intimidade com o que se oculta lhe causa estranheza e desejo.

Por meio de gestos, a moça lhe conta que foi a Jerusalém em peregrinação e agora está voltando para casa, na Romênia. Quando lhe pergunta como foi a viagem, um entusiasmo pueril emerge em seus olhos.

O calor dos motores, somado ao sol que entra pela claraboia, as impede de respirar normalmente. Sugere à moça que saiam para tomar um ar fresco. Com um movimento do dedo, a moça indica que não pode deixar o camarote, ajeita o véu e a túnica. A viajante tira da mochila um frasco de perfume. Os olhos descobertos da jovem seguem seus movimentos no espelho. A viajante pinga algumas gotas no pescoço. A moça passa a língua nos lábios. A viajante lhe estende o perfume, aproxima-o do nariz dela.

No convés do *Sinfonia*, no meio do caminho entre Israel e o Chipre, uma judia viaja sozinha pelo mundo. Na cabine 167, uma muçulmana retorna de Jerusalém. As duas compartilham o mesmo cheiro.

FRONTEIRA

A linha que divide a ilha do Chipre passa pelo centro de Nicósia, deixa vilarejos de um lado e de outro, deixa o cume de um lado e a encosta do outro, o estábulo de um lado e a casa do outro, a vida de um lado e a memória do outro. Pode um país ser cortado como um bolo, como uma laranja, como um papel? Pode a fronteira ser traçada em cima da mesa da cozinha, na mesa de negociações, em um bar? De quem é o mapa?

Os soldados desenrolam um gigantesco tubo de arame farpado. Passam por Kornokipos e o deixam no Norte, passam por Kalyvakia e o deixam no Sul. Houve gente que teve 24 horas para se vestir e levou embora os móveis. Houve gente que teve quatro horas e carregou os animais. Houve gente que saiu com a roupa do corpo. Restaram às pessoas as cabras, a paisagem, o álbum de fotos do casamento, a boneca, um coração esculpido numa árvore, o pão recém-assado, um par de sapatos velhos, um varal, a lã do tricô, a mesa, a cadeira, a cama, o travesseiro, a fronha, os cabelos na fronha...

Alektora era uma aldeia turca que ficou no Sul. É habitada por refugiados gregos que viviam no Norte. Estão lá há 20 anos e ainda consideram que as casas pertencem aos turcos. O governo proíbe vendê-las ou alugá-las, porque elas têm dono e, quando se é proprietário, sempre existe a possibilidade de retornar.

Os cipriotas do Sul perderam o Norte e ganharam duas bases inglesas. Os militares ingleses são donos da terra e dos edifícios, são donos da lei dentro da base. Nos últimos 10 anos, os aposentados ingleses invadiram o Chipre do Sul. O clima é ensolarado, o câmbio, favorável e as propriedades, baratas. Nesses últimos cinco anos, chegaram turistas que aproveitam o sol e os homens bonitos.

Dez anos atrás, os cipriotas do Sul montavam em burros ao longo dos morros pedregosos, chegavam por ruas de pedra a suas casas de pedra, rodeados de cabras. Dez anos depois, viajam de caminhonete Ranger por rodovias de alta velocidade, moram em casas de alvenaria, esquentam os pratos típicos em fornos de micro-ondas, fazem compras em supermercados, à noite vão aos cabarés da máfia russa e gastam libras esterlinas com as dançarinas russas.

No Chipre do Norte, eles têm a árvore de limões amargos descrita por Lawrence Durrell.

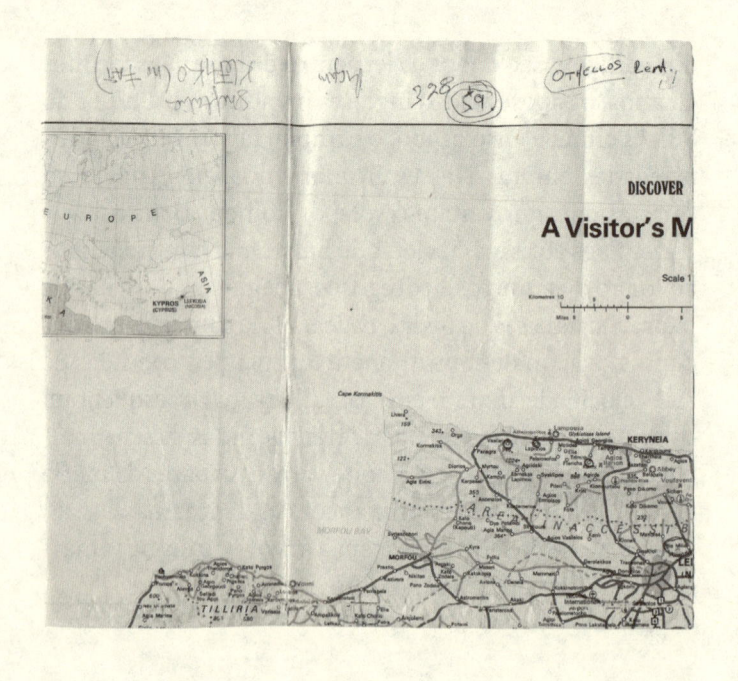

Mapa do Chipre comprado numa livraria de Limassol.

TURISMO INGLÊS

Os britânicos trabalham anos no Reino Unido até conseguir sua aposentadoria e se mudar para o Chipre do Sul, onde, além do clima, têm um melhor padrão de vida. Os casais com filhos já casados apostam em uma aventura que dará uma injeção de ânimo à relação e compram uma casa em um condomínio que evoca seu lar de classe média. Enquanto o marido encerra as contas correntes, a mulher viaja para ir preparando a casa. Desembala a *bergère* de couro, a louça, os tapetes, até que tudo pareça *as home*. As semanas passam, a viagem do marido é adiada, a mulher vai a um bar onde descobre que, aos 50 ou 60 anos de idade, desperta o apetite sexual dos jovens locais, e enlouquece.

No alto do morro com vista para o vilarejo de P, há um restaurante exclusivo onde ingleses endinheirados trocam mulheres. Mais abaixo, há um bar onde ingleses de classe média compartilham suas mulheres com os moradores locais.

Faz 10 anos que o Chipre do Sul é invadido por mulheres sozinhas ou entediadas com um marido que prefere exaltar a Europa a perder tempo no efêmero ato sexual. Elas viajam para o Chipre, a Grécia, a Turquia, o Marrocos ou a Tunísia, atraídas pelo mito do amante mediterrâneo. Não importa se são motoristas de ônibus, camponeses, pescadores... Os moradores locais – acostumados com os casamentos arranjados entre famílias – perdem a conta de quantas mulheres levam para o carro, a praia ou a casa do condomínio. Mas sua preferência é clara: se a esposa for loira, a britânica será loira. O amante de Lady Chatterley nos anos 1990: um produto turístico barato. Mulheres que se satisfazem com homens de sangue quente exigem menos dedicação de maridos que põem sua energia no trabalho. A instituição do casamento segue vigente, a Igreja parece satisfeita e a União Europeia recomenda incluir o Chipre graças ao desenvolvimento da sua indústria turística.

PRATO TÍPICO

Cozinhe as favas, corte em cubos uma cebola, um tomate e um pedaço de queijo branco (de cabra ou ovelha). Regue os ingredientes com bastante azeite de oliva e sal. Sirva com uma fatia de pão fresco e um copo de vinho tinto. Leve a bandeja a um local ensolarado junto de uma parede caiada ou de uma buganvília. Puxe uma cadeira e ocupe o lugar da viajante.

Sábado, 13 de fevereiro

Alugo um apartamento num vilarejo do Chipre do Sul para escrever sobre um viajante que encontra um álbum de fotos com o seu sobrenome manuscrito na primeira página. Eu podia ter escolhido Rodes ou Alexandria, escolhi o Chipre porque era aqui que Lawrence Durrell escrevia. Já instalada num vilarejo no alto de um morro, a quatro quilômetros da praia, descubro que o escritor inglês morava no Chipre do Norte, mas estou aqui e a sacada com vista para as casas caiadas e o mar é ideal para viver em um lugar sem outro vínculo além da escrita.

Domingo, 14 de fevereiro

    Faço compras. Me bate uma angústia de ficar aqui por três meses. Caminho pelos morros. Escuto o som dos sinos dançando no pescoço das cabras. Volto ao apartamento. Soam os sinos da igreja.

Segunda-feira, 15 de fevereiro

À noite, no bar, conheço um grupo de britânicos residentes. Tom é ex-policial. Rose, sua esposa, tem um rosto masculino e enrugado que lembra uma travesti e pernas adolescentes. Estão acompanhados de um cipriota parecido com o Hortelino Troca-Letras. Todos, exceto Hortelino, pertencem a um grupo de aposentados que, no verão, vão à praia e, no inverno, ao bar.

Terça-feira, 16 de fevereiro

Acordo com os sinos da igreja. Tento voltar a dormir, mas uma velha animada vestida de luto conversa em voz alta com alguém do outro lado da parede divisória. Meia hora depois, quatro velhas de vestido preto exalando um cheiro agridoce me examinam. Decepcionadas por não conseguirem descobrir se tenho filhos, marido ou casa no Chile, levam as cadeiras para o pátio e começam a tricotar. Elas têm as mãos deformadas, a pele grossa e manchada. Como o sol muda de lugar, arrastam as cadeiras, às vezes mudam de casa. Eu as acompanho e não escrevo. De manhã, pelo ralo do chuveiro, escorregou um dos brincos em forma de pássaro que Y me deu de presente.

Palavras gregas que ela aprende com suas vizinhas e guarda
no caderno onde registra sonhos, imagens, diálogos e
anotações de um romance que ela não escreve.

Quarta-feira, 17 de fevereiro

Escrevo, paro de escrever. Volto da padaria com um pão de campanha redondo e morno. Corto grossas fatias e unto-as com manteiga irlandesa. Engordo.

Quinta-feira, 18 de fevereiro

    Da cristaleira, entre fotografias antigas e peças avulsas de porcelana, a vizinha velha pega um biscoito para mim. Ela mastiga um pedaço de pão duro, que molha no café. Deixo de lado o biscoito rançoso e molho um pedaço de pão duro. Tem gosto de casa. Chega a irmã mais velha, que mora do outro lado da mureta; chega a cunhada, a prima... todas molham o pão duro no café, movem as cadeiras com o sol e tricotam enquanto cantam antigas melodias gregas. Sinto que é mais importante estar aqui do que escrever, mas eu vim para escrever e isso me angustia.

Sexta-feira, 19 de fevereiro

Qual é o sentido de ficar na frente de uma tela em branco no Chipre? Os únicos movimentos do vilarejo acontecem no café e na igreja. Ao café, os homens vão para jogar baralho e acertar contas. Na igreja, as mulheres rezam e mastigam grãos. À noite, os britânicos vão para o bar.

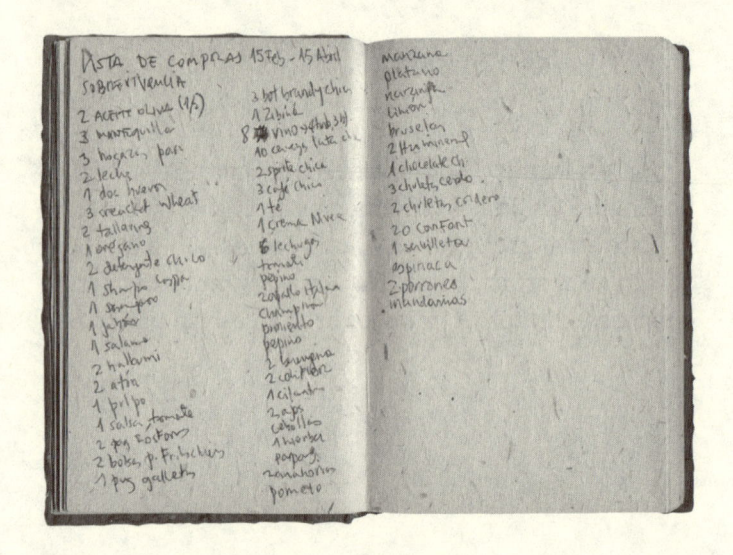

Lista de comidas compradas entre os dias 15 de fevereiro e 15 de abril, escrita no caderno azul, onde ela registra os gastos efetuados durante a viagem.

Sábado, 20 de fevereiro

A Semana Santa se aproxima. O povo pinta os muros de branco, lava toalhas, lençóis e cortinas, esfrega, lustra, desencarde. Da janela, vejo minha vizinha em cima de uma escada empunhando um rolo de pintura. Desligo o computador e vou ajudá-la. À tarde, escrevo a história de um homem que viaja ao Chipre para receber uma casa de herança. Chegando aqui, descobre que a casa está ocupada por um refugiado do Norte e, como não tem os documentos, contempla-a da outra margem.

Domingo, 21 de fevereiro

Faz sol. Viajo de carona, caminho por uma estradinha de chão batido que cruza morros e vinhedos até a praia de Melanda, onde conheço um moço de óculos com dificuldade para se expressar. Assim como Cesare Pavese, ele saiu do seu vilarejo para conhecer o mundo. Chegou a Atenas. Agora, leciona numa escola pública e sente que está sufocando. Ao nos despedirmos, ele diz que falar comigo foi como olhar por uma janela.

Segunda-feira, 22 de fevereiro

É celebrada uma festa religiosa chamada Green Monday. O dono do bar me convida para um almoço vegetariano na sua casa, mas estou inspirada pela história do homem que, enquanto espera recuperar a casa no Chipre do Sul, conhece uma mulher inglesa, casada com um ex-policial.

Às quatro da tarde a inspiração acaba e vou para a festa. Britânicos e cipriotas estão ébrios: Rose, Tom – seu marido –, o cipriota parecido com o Hortelino, uma morena igual a Glenn Close em *Os 101 dálmatas*, um militar aposentado que lutou contra o IRA, um camponês gigantesco que chamam de Bull, o dono do bar e a família dele.

Às seis da tarde o Green Monday termina e botam a carne na grelha. O militar aposentado me conta ao pé do ouvido que Hortelino Troca-Letras é amante de Rose e que seu marido, Tom, aceita com a condição de poder assistir. Ele deixa sua mão esquerda cair na minha perna direita. Bull está com a mão direita na minha perna esquerda e Tom apoia nas duas pernas a filha pequena do dono da casa.

A confidência do militar aposentado desperta em mim uma atração irresistível por Rose, sussurro no ouvido dela que adoro suas pernas e pergunto se posso beijá-la. A mulher, surpresa por eu saber do seu triângulo amoroso e por ser usada pelo seu marido e amante, aproxima os lábios dos meus. Nos esquecemos dos legumes, da carne na grelha, do brandy, de que estamos na história de um chileno que procura recuperar sua casa ocupada por um cipriota do Norte, quando um puxão violento nos devolve ao churrasco e a um homem parecido com Hortelino Troca-Letras nos arrastando pelos cabelos, enquanto a vilã de *Os 101 dálmatas* tenta nos salvar e Tom brinca de cavalinho com a filha do dono da casa nas suas pernas.

Terça-feira, 23 de fevereiro

Acordo ao lado de um enorme cachorro São Bernardo. O militar aposentado tem a barriga marcada por cicatrizes causadas pela explosão de uma bomba que o IRA plantou. Relembro minha mão percorrendo o mapa da guerra, a coleção de bonecas de porcelana da esposa, as plantas de plástico, os tapetes, o papel de parede, a *bergère* de couro preto. Sinto vontade de vomitar.

Um bote à deriva. Na parte posterior,
sobre uma tábua que serve de assento,
uma moça de maiô.

A ROMENA

Chega ao balcão do bar uma romena de cabelo preto curto e pele branca. Ela tem a beleza ambígua de um rapaz e a sensualidade explícita de uma saia curta e uma blusa preta transparente. Trabalha como empregada doméstica para um casal inglês com cinco filhos que a levou à Suíça e à França. Fala alemão, francês, inglês e espanhol, todos aprendidos assistindo a novelas. Ela me conta que matou seu irmão, bateu num professor e no namorado:

– *He likes to make me nervous. I cannot understand. Last night we came here and he didn't talk to me in two hours, so when he brought me home I kicked him and he begun to cry as a baby.*

A romena conta a história de um jovem que, cansado de distribuir panfletos sem que ninguém prestasse atenção nele, entrega os papéis e repete: – *Thank you, fuck you, thank you, fuck you*. Para cada pessoa que entra no bar, a romena diz:

– *Thank you, fuck you.*

Ontem à noite, quando voltava da casa de seus patrões, um carro preto em alta velocidade a lançou contra a sarjeta. A jovem não conseguiu distinguir o motorista. Esta noite, ela flerta com um inglês.

– *I want to fuck this man* – diz, reclinando o corpo sobre o pano da mesa de sinuca, antes de voltar ao seu quarto de ajudante do lar.

A cada noite, aparece no bar com uma roupa mais atrevida, flerta com todo mundo e não sai com ninguém.

– Meu namorado nunca me tocou. Não gosto que me toque, não permito nem que me beije. Aí vem ele, vamos falar de outra coisa.

Entra um adolescente dentuço que não dirige o olhar para ela.

– Agora vou falar contigo em espanhol. Sabe por que sou assim? Precisa jurar que não vai contar a ninguém. Amanhã, me espere na sua casa.

Com uma caixa de bombons apoiada nos joelhos, a romena se acomoda na poltrona, que afunda.

– Agora vamos falar em espanhol – diz, juntando as pernas. – Na Romênia, meu pai e minha mãe trabalhavam fora, meu irmão mais velho estudava e eu ficava cuidando do caçula. O melhor amigo do meu pai trabalhava com ele numa fábrica de aço. Uma tarde, apareceu em casa. Achei que tinha acontecido alguma coisa com o meu pai, mas ele disse que precisava falar comigo...

A jovem reacomoda a caixa de bombons.

– Não precisa continuar.

– Preciso, sim. Meu irmão pequeno estava no quintal. Eu podia ter gritado, mas não quis assustá-lo. Pensei que poderia me livrar do homem, ele era tão pesado, seu peso me sufocava.

A romena descreve a janela fechada, as paredes brancas, a cama desfeita, a expressão do pai ao voltar da fábrica, o medo da mãe ao saber que seu marido saiu atrás do amigo, o banheiro minúsculo onde lavou sua calcinha, a dor entre as pernas, o exame ginecológico, a prisão do amigo do pai... as palavras inscrevem a violação, dessa vez em seu corpo-testemunha. Os sinos da igreja tocam. A romena se levanta. Os bombons caem.

Sexta-feira, 26 de fevereiro

O militar aposentado me conta como subjugava os militantes vulneráveis do IRA para que denunciassem seus colegas. De minha parte, finjo ignorar sua impotência.

Domingo, 7 de março

Atravesso o vilarejo de P carregando uma panela em que fiz uma receita de ensopado que minha mãe preparava aos domingos enquanto meu pai lavava a Renoleta, meu irmão lia no seu quarto a revista *Mecánica Popular* e eu escrevia poemas com heroínas que morriam sozinhas em terras distantes.

O sol atravessa as nuvens, o vento empurra a sombra para as colinas pontuadas de oliveiras. A quietude das ruas é interrompida pelo balido de uma cabra que perdeu seu rebanho. No bar de P, uma romena que foi estuprada, uma jovem da Moldávia que veio iludida para trabalhar como prostituta num bar e uma viajante chilena almoçam uma receita de família que talvez tenha vindo da Ucrânia.

À deriva no bote, sobre a tábua que serve de
assento, a moça de maiô e sua gêmea.

Sexta-feira, 12 de março

Observo da rua o bar onde Tom, Rose e Hortelino se reúnem toda noite. Parecem mais unidos e felizes do que antes. Eles não me veem.

Sexta-feira, 16 de abril

Na praça, durante as corridas de burro que organizam para a Semana Santa, o militar inglês aproveita uma distração de sua esposa para piscar para mim. Horas depois, deixo o Chipre do Sul, onde Lawrence Durrell não viveu, sem o romance que vim escrever.

*As gêmeas de maiô continuam com seus
corpos muito unidos no bote.
No banco da frente, um menino empunha os remos.*

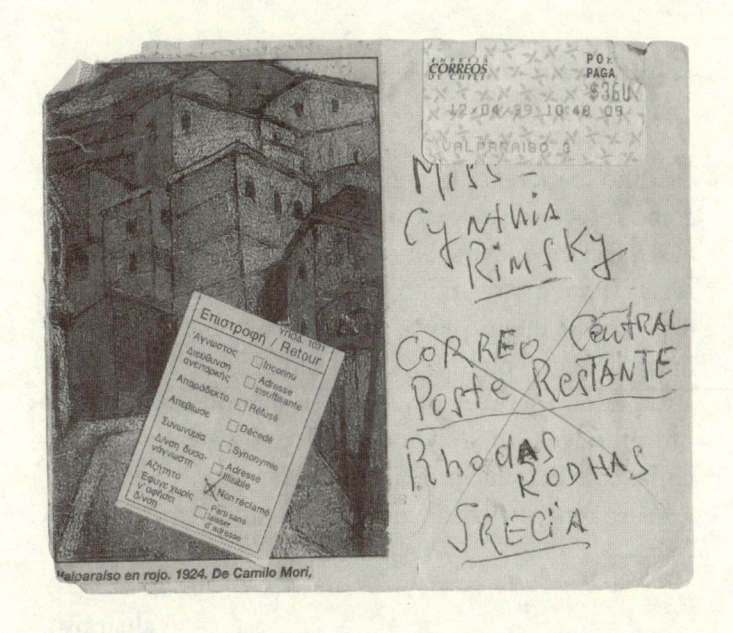

Carta enviada por Ortuzio ao serviço de posta-restante da ilha de Rodes, devolvida ao remetente no Chile.

"Minha querida e distante amiga:

Como te escrever quando tua penúltima carta punha como remetente o deserto do Sinai? Nem ao menos um oásis! É claro que te acompanho nas tuas fabulosas odisseias. Tanta coisa – tanto para conversar – para pensar depois desse intenso corte do cordão umbilical. Você será outra quando voltar. Eu, como sempre, sentindo muito a tua falta. Escrever o que penso de mim e de ti seria interminável. Então, você com brandy e eu com pisco chileno: À tua saúde! À tua saúde!
Vosso mui affeiçoado amigo, esperando mais notícias tuas.

Valparaíso,
11 de abril de 1999"

Domingo, 18 de abril, Rodes

Enquanto me dirijo à Turquia, o cachecol de seda azul que esqueci no barco segue caminho a Pireu.

FALSIFICAÇÕES

Os turistas que ancoram em Istambul cruzam pelo menos uma vez a esplanada que liga o palácio Topkapi à mesquita Santa Sofia. A cada turista que passa, um vendedor de suvenires vai atrás dele. Como o porco e o farelo, como a água parada e os mosquitos, são inseparáveis.

A mercadoria que oferecem é uma réplica barata e imprecisa dos originais encontrados no palácio e na mesquita. Sua evidente falsidade leva a pensar que nenhum turista se deixaria enganar.

Uma tarde, tendo permanecido mais tempo do que o habitual na esplanada, tendo os vendedores se acostumado com sua presença, ela pôde comprovar como os turistas, por cansaço ou necessidade de voltar com presentes, compram as bugigangas que depois exibirão nas prateleiras de suas casas no Oregon, em Temuco, Guaiaquil, Alasca, Pequim... Com o passar do tempo, a morte e as mudanças, os objetos chegarão ao mercado de pulgas, onde serão encontrados por seus filhos ou netos, que associarão as bugigangas ao relato mítico, voltarão a comprá-las e a réplica tomará o lugar do original.

de noche aténgase a las zonas más pobladas y evite las calles oscuras o los lugares problemáticos. También es seguro coger un taxi a solas de noche.

Los lugareños pueden ser muy cordiales y hospitalarios, sobre todo si usted intenta hablar en su idioma. Si planea viajar por zonas apartadas, le resultará muy útil chapurrear la lengua del país.

Aun así, las mujeres suelen llamar la atención más que los hombres. El sentido común es el mejor consejero frente a situaciones potencialmente peligrosas, tales como el autostop, los paseos nocturnos solitarios, etc.

Use prendas discretas y poco maquillaje para no llamar la atención, y póngase gafas para evitar el contacto ocular. Las mujeres suelen toparse con más problemas en la España rural y la Italia meridional, sobre todo en Sicilia. Como el matrimonio es muy respetado en la Europa meridional, una sortija (en el anular izquierdo) a veces ayuda, al igual que las referencias a «mi marido». En los países musulmanes como Marruecos, Turquía y, en menor grado, Túnez, una mujer occidental sin un compañero varón puede vérselas en figurillas por el acoso constante de los hombres. En esas sociedades, la mayoría de los hombres solteros sólo pueden entablar contacto sexual con prostitutas u otros hombres. Aunque la liberación femenina hace sentir su presencia en las ciudades principales, la mayoría de las mujeres musulmanas siguen sometidas a rígidos códigos de conducta e indumentaria, así que no es sorprendente que su hermana occidental luzca más liberal en cuanto a sus restricciones morales o sexuales.

Procure cubrir la mayor parte del cuerpo y no haga resaltar las curvas: las calzas y los tejanos ceñidos quedan totalmente excluidos. Conviene usar vestidos con mangas o una falda larga y suelta con camisa.

Aunque no es obligatorio cubrirse la cabeza en Marruecos, Túnez ni Turquía, conviene usar una bufanda para visitar mezquitas o sitios similares.

Cuando visite cualquiera de los países aquí mencionados, lo mejor es actuar con aplomo, dar a éntender que sabe adónde se dirige y evitar zonas problemáticas. Practicar el autostop a solas en cualquiera de estos países o zonas es meterse en problemas. Recomendamos la lectura de *Handbook for Women Travellers* de M. y G. Ross (Judy Piatkus Publishers, Londres).

PELIGROS Y CONTRATIEMPOS

Europa es tan segura o insegura como cualquier otra zona desarrollada del mundo. Si usted puede apañárselas en Toronto, Sydney o Hong Kong, nada le costará enfrentar los aspectos más ingratos de Europa. Si usted viene de Los Angeles o Nueva York, hasta puede relajarse.

Conviene llevar una lista de nombres o direcciones de su país de origen, para que puedan comunicarse con usted en caso de emergencia.

Robos

Un viajero suele ser vulnerable y el extravío de objetos puede ser un verdadero incordio. El robo, por otra parte, es un problema real en Europa, sobre todo en el sur, y no sólo hay que cuidarse de otros viajeros. Lo más importante es cuidar el pasaporte, los documentos, los billetes y el dinero. Conviene llevar estas cosas en un cinturón, debajo de la ropa, o en un resistente saco de cuero sujeto al cinturón, en toda ocasión. Los armarios de las estaciones ferroviarias o los depósitos de equipajes son sitios útiles para guardar los bártulos (pero no los objetos de valor) mientras usted se familiariza con una nueva ciudad. Cuídese de las personas que le ofrecen ayuda mientras utiliza el armario. Use su propio candado para el armario de los albergues.

Puede reducir los riesgos cuidándose de los ladrones que arrebatan objetos. Las cámaras y bolsas son objetos codiciados para esta gente, que a veces utilizan motocicletas y cortan la correa de un tajo sin dar tiempo a reaccionar. Es mejor una pequeña mochila, pero cuídese la espalda. Los carteristas abundan en las muchedumbres, especial-

Guia de viagem *Lonely Planet* da Europa Mediterrânea, 1997.

Quarta-feira, 21 de abril, Dalyan, Turquia

Até os anos 1960, este era um vilarejo de ruas poeirentas com um rio navegável, piscinas de água quente e uma praia com tartarugas. Quando a vizinha Marmaris se transformou em um balneário internacional, as operadoras turísticas procuraram um lugar nas redondezas para ampliar a estadia dos turistas e encontraram o aprazível Dalyan. O vilarejo se encheu de lanchas, lojas, hotéis, chalés, restaurantes, agências de turismo... Chegou gente do país inteiro com a esperança de ganhar em três meses dinheiro para passar os nove restantes.

Este ano os europeus foram alertados sobre o perigo de viajar à Turquia, quando o líder dos curdos está sendo julgado e o governo é acusado de violar os direitos humanos. Os comerciantes que investiram em reformar, pintar, construir, ampliar ficam parados todos os dias na rua principal para ver os turistas aparecerem, mas eles não aparecem. Quando a chilena desce do ônibus, todos os olhares pousam nela, quase pode ouvir o som das moedas caindo em seus ouvidos. Quatro jovens tomando cerveja na varanda de um pub oferecem a ela um bom hotel. A turista se faz passar por mochileira sem grana e surgem dois: T veio de Istambul para juntar dinheiro e se mandar da Turquia. K, fundador da primeira banda punk nacional, viciado em heroína, tenta largar a droga. Ambos estão ficando na casa do pai de T, onde funciona no andar de baixo o café Pearl Jam, para o qual a convidam aquela noite.

O SALÃO DE CHÁ

Em *Viagem à Turquia e ao Egito*, Jan Potocki conta que, no século XVI, o sultão ia disfarçado aos salões de chá para saber a opinião das pessoas sobre sua gestão. No século XX, os políticos estão ocupados demais para descer aos salões de chá, embora continuem sendo criticados ali.

Um salão dispõe de alguns tabuleiros de gamão e uma máquina de chá. No verão, as árvores fazem sombra nas mesas à espera na calçada. Um caminhão-pipa rega a rua, que, por alguns minutos, cheira a umidade. Os bebedores pedem a primeira xícara de chá. O minúsculo copo de vidro, que se alarga ligeiramente na parte superior, mal permite introduzir os lábios. Se no Ocidente é inconcebível beber num recipiente sem asa, aqui o chá nunca é servido a uma temperatura que impeça segurar o copo entre os dedos. No pires vêm dois cubos de açúcar, que o calor derrete.

Um Peugeot Station estaciona ao lado das mesas. O motorista corpulento abre a porta de trás do carro para exibir uma pilha colorida de baldes e sabão. Os comensais se preparam para dar o primeiro gole. Dois seriam suficientes para dar cabo do líquido: eles dão cinco ou seis. O vendedor oferece em voz alta oito tipos de sabão para o corpo e para a roupa, mais um balde. Gradativamente, os bebedores vão deixando as cadeiras para dar uma olhada. A certa altura, chega a haver seis homens inclinados sobre a pilha de sabões e baldes. Quando parece que a transação vai se concretizar, voltam para suas mesas e pedem outra xícara de chá (bebem de 15 a 20 diariamente), engatando uma discussão interminável sobre inflação, desemprego, políticos que roubam o povo pelas costas... O dono do salão retira os copos. O vendedor aproveita para lamentar em voz alta que os bebedores vão deixar passar uma pechincha como aquela, volta para o carro e faz menção de guardar os produtos nas caixas. Um bebedor se aproxima. O vendedor entrega a ele um balde com oito sabões, esconde as liras debaixo da túnica e começa a guardar a mercadoria. Aproxima-se um segundo bebedor, um terceiro e um quarto... Alguns preferem a cor rosa, a verde, a azul. Duas horas mais tarde, os bebedores voltam para suas casas levando oito tipos de sabão e um balde. O motorista guarda o caminhão-pipa na garagem. Só sairá após as quatro da tarde, quando os bebedores tiverem voltado ao salão de chá e pela rua apareça outra pechincha.

Quinta-feira, 22 de abril, Dalyan

Cecilia Alvear me escreve um e-mail avisando que não poderei utilizar a passagem aérea disponível para Santiago durante a alta temporada. Tenho duas semanas para embarcar ao Chile ou terei de esperar quatro meses. O dinheiro é insuficiente para sobreviver até lá. Não consigo acreditar que a viagem termina aqui.

O VENDEDOR DE OURO

Na boatinha da pensão Monastyr, Ercan, um velho e uma turista chilena conversam ao redor da estufa a lenha, quando entra um homem corpulento e inchado, com a papada comprimida pelo colarinho da camisa. Ercan e o velho beijam sua mão e esperam de pé até ele voltar acompanhado de uma mulher jovem com a cabeça envolta em um lenço que cobre até seu pescoço.

Ercan traz uma garrafa de raki e uma travessa com nêsperas, cerejas e ameixas. O visitante entra numa conversa com o velho, a quem dá mostras de profundo respeito. A mulher, uma cópia de Stefania Sandrelli no filme *Nós que nos amávamos tanto*, aceita em silêncio ser deixada de lado. O visitante pega uma nêspera entre os dedos cheios de anéis de ouro e pedras preciosas e afunda os dentinhos na carne alaranjada. Ercan, que repõe um cinzeiro limpo a cada cinco minutos, explica à turista que se trata de um vendedor de ouro, o mais endinheirado da região. "Toda vez ele vem com uma mulher diferente", confidencia. O homem, que enxuga constantemente o suor do rosto com um lenço, estende a eles uma nêspera do seu prato num gesto que remete ao Império Otomano, quando os sultões celebravam a circuncisão do filho abrindo as portas de casa para circuncidar 150 meninos do povoado, quando os limites da Turquia estendiam-se da China à Europa, e o presente mais cobiçado era o ouro.

À meia-noite estão fechados o salão de chá, o bazar, o mercadinho e a joalheria. Na rua há apenas uma

Mercedes-Benz preta. No banco de trás, um menino espreita a escuridão chamando pela mãe, enquanto, na pensão, o vendedor de ouro limpa os vestígios do império com um lenço ordinário.

Sexta-feira, 23 de abril, Dalyan

No início eu ia ao café Pearl Jam apenas de noite. Agora, que esqueci como se escreve, também tomo vinho barato ao meio-dia. Refugiados na beira do rio, imaginando a vida que poderíamos levar se tivéssemos uma ideia de negócio para quando começar a temporada. Ao meio-dia, o calor e a embriaguez dissolvem os sonhos. Somente à tarde, quando começa a correr vento, conseguimos nos espertar. Com a noite, a impossibilidade recai novamente sobre nós. Começo a me sentir parte desse vício.

O VENDEDOR DE TAPETES

Um professor norte-americano e sua esposa contam que, num vilarejo da Capadócia, um jovem educado foi ao encontro deles. Embora percebessem pelo seu modo cortês que se tratava de um vendedor de tapetes, como estavam cansados, aceitaram tomar um copo de chá na sua loja, combinando de antemão que não iriam comprar nada. Permaneceram três horas ali, compararam os costumes dos americanos e dos turcos, discorreram sobre temas da história e da política. O jovem falava um inglês excelente.

– Passamos um momento agradável – afirma o professor. – Compramos dois tapetes maravilhosos por um preço muito conveniente, uma pechincha.

Em Dalyan, a mochileira tem a oportunidade de falar com um dos muitos vendedores de tapetes que pululam em qualquer ponto turístico. O comerciante é um especialista em psicologia e um estudioso das culturas, sabe como reagem latinos e gringos, de que modo abordar um japonês, as diferenças entre um italiano e um francês.

– Quando entram na minha loja, não estou interessado em mostrar a mercadoria a eles. Pergunto sobre seu trabalho, o hotel em que estão hospedados, as cidades que visitaram... até formar um mapa da sua psicologia, do dinheiro que possuem e que estão dispostos a gastar. Na hora seguinte, conduzo a conversa para a cultura e a história da Turquia, conto a eles sobre a vida das comunidades isoladas, a forma como trabalham a lã, a origem dos desenhos. Eles começam a olhar os tapetes por conta própria. Como sei a quantia de dinheiro que carregam, meu trabalho consiste em guiá-los em direção às tapeçarias que estão ao seu alcance. Se não comprarem, não tem problema: o que aprendi vai me servir para convencer outros clientes. Sem sair do vilarejo, conheço o mundo.

Ao chegar a esse ponto, o vendedor se ausenta. Para não se entediar, ela examina os tapetes pendurados nas paredes.

– Gosta de algum?

– Eu te avisei que não vim para comprar.

– E eu não quero te vender. Só por curiosidade, me diga, quanto pagaria por esse? – aponta para o tapete que a turista estava observando.

Ela dá um valor extraordinariamente baixo.

– Você é uma mulher inteligente, gosto disso – diz, propondo um valor mais alto.

Uma hora depois, o vendedor fica com seus anti-inflamatórios, algumas liras turcas e seus tênis de pano. Em troca, ela recebe um pequeno tapete e a sensação de ter quebrado a banca no cassino.

Sábado, 24 de abril, Dalyan

T diz que há uma possibilidade de trabalhar num resort em Marmaris e me pergunta se eu estaria disposta a exercer o ofício de massagista.

Domingo, 25 de abril

    Perco meus óculos escuros nas ruínas de Kaunos. Quantos anos levará para serem encontrados? Que história construirão sobre mim?

Quarta-feira, 28 de abril

Navegamos rio abaixo para comprar enguias para o jantar. O psiquiatra que trocou Istambul pelo interior tem uma lancha ao seu dispor de forma permanente; na verdade, só pagou pelo primeiro dia. O piloto da lancha aceita a moratória, sabendo que pelo menos conseguirá um peixe para comer.

K falou por telefone com sua namorada, está animado e quer se drogar. T confessa com tristeza que nunca conseguiu se apaixonar e deixa suas mãos pesadas caírem sobre mim. As enguias escapam das mãos dos pescadores, que tentam transferi-las do tanque para um balde. Durante o trajeto de volta, elas saem do balde e deslizam pelo bote. O psiquiatra usa a camiseta, que depois veste de novo, para pegá-las. Cruzamos com outros turistas que vêm passar o dia.

Quinta-feira, 29 de abril

Abro os olhos e estou no chão. T e K cheiram a cola do filho pequeno do psiquiatra. As enguias rastejam pela cozinha. Uso meu pulôver para devolvê-las ao balde. O fato de ter inalado cola com K e de eu ter escorregado por entre seus dedos deixou T transtornado: ele corre enlouquecido pelas ruas atrás da vítima que saciará sua impossibilidade de amar. Não há luzes no escuro. Só ele, eu e um fiozinho imperceptível que separa o desamparo da vontade de viver.

Sexta-feira, 30 de abril

Deixo a roupa com cheiro de peixe no quarto de hotel. Na direção oposta, aproximam-se os ônibus lotados de turistas.

Nas três páginas seguintes do álbum,
estão faltando as fotografias.

Sexta-feira, 30 de abril, Fethiye

Recebo a primeira carta eletrônica do meu pai. "Tenho a impressão de que você está meio perdida. Use a cabeça, não cometa bobagens."

Sábado, 1º de maio, Fethiye

No *Dicionário da língua espanhola – Tarefas escolares*, da coleção Zig-Zag, não aparece "perdida", apenas *pérdida*.[1]

---
[1] [N. da T.] "Perda", em espanhol.

MARURI

Durante 50 anos, Abraham K saiu de sua casa na rua Maruri às cinco e meia da manhã para vender de porta em porta tecidos e sabões. A crise econômica de 1929 levou seus clientes à inadimplência. Enlouquecido, Abraham parou na esquina da Independencia com a Lastra para anunciar a mercadoria aos transeuntes. Sua esposa, Ester, e seu filho o encontraram com os olhos perdidos e a boca cheia de sabão. Ester sacou suas economias e recomendou que Abraham arrematasse uma barraca no mercado La Vega. Quando um judeu rico ganhou o lance, Ester pessoalmente lhe implorou que transferisse a eles.

Desse dia em diante, Abraham K andou os cinco quarteirões que separavam sua casa da mercearia no La Vega. Ao meio-dia, sua esposa chegava e Abraham percorria de volta os cinco quarteirões que o separavam da casa da rua Maruri, botava num prato os legumes que Ester mantinha aquecidos numa panela envolta em panos brancos e retornava à mercearia.

Às sextas-feiras, fechava às cinco da tarde para frequentar uma humilde sinagoga no topo de uma loja na avenida Independencia. Aos sábados não trabalhava, não pegava ônibus, não ligava interruptores nem se barbeava.

Abraham foi um bom judeu. Ester criticava sua falta de firmeza, da qual os clientes se aproveitavam para não pagar, mas sempre respeitou a lei do seu povo. Seu filho também foi um bom judeu. No dia em que se formou em odontologia, foi com os amigos a uma festa. Enquanto os outros faziam planos incríveis, ele sonhou em abrir um consultório no bairro nobre e comprar um Volvo vermelho. Quando voltou à casa da rua Maruri, na porta de entrada havia uma placa de bronze com seu nome e profissão. Durante a noite, Ester havia retirado as tralhas guardadas no quarto principal, colocado papel de parede florido e transformado o assoalho de madeira em um espelho, dispondo no centro uma cadeira odontológica de segunda mão. A mercearia do La Vega pegou fogo. Abraham K morreu. Ester morreu. O filho deles se casou, teve dois filhos e comprou em prestações ao longo de 30 anos uma casa de classe média no bairro nobre. Nunca deixou o consultório da rua Maruri. As flores do papel de parede desbotaram, assim como a cadeira odontológica, a escrivaninha, as obras completas de Freud, *A montanha mágica*, de Thomas Mann, *América*, de Kafka, *Exodus*, de Leon Uris, e *Os irmãos Karamazov*.

A parte de trás da casa foi alugada para 20 imigrantes peruanos que trabalham em tarefas domésticas. Eles fazem os barulhos que o filho de Abraham e de Ester ouve todas as terças e quintas das duas às cinco da tarde, enquanto se preocupa com sua filha perdida na Turquia.

Uma montanha pedregosa focada de baixo.

O CAMINHO INDICADO

Ao entardecer, os mochileiros que visitaram a cidade ou os seus arredores retornam ao albergue. Os únicos sons vêm do chuveiro, do chapinhar dos chinelos, das portas se abrindo e fechando. Antes de decidirem se voltarão à cidade para jantar, os mochileiros se encontram na sala compartilhada. Essa convivência pode durar várias noites ou uma, pode se repetir em outro albergue por várias noites ou uma, enquanto leem revistas ou guias de viagem e os mais extrovertidos compartilham relatos de lugares que visitaram ou esperam visitar. Às vezes acontece de um relato os fazer mudar de ideia e eles alteram as datas ou decidem pular um ou mais pontos do mapa.

Essa obsessão por estabelecer um itinerário exato conforme o tempo, o dinheiro e a quantidade de lugares destinados a conhecer os leva a acreditar que estão em movimento, embora passem dias ou semanas sem sair da pensão, tomando cerveja ou conversando entre si, exaustos diante das imensas distâncias que devem percorrer para ver o que – segundo o relato – é preciso ver.

Se o mapa do *Guia de viagem da Europa Mediterrânea Lonely Planet 1997* fosse sobreposto ao mapa oficial do território, os vilarejos, as pensões, os restaurantes, as praias, as ruínas, os cybercafés recomendados se revelariam uma ilusão representada por atores amadores fazendo as vezes de guias, vendedores, amantes, garçons, donos de albergues. Mas, se não se vê o que é dado ver, o que se vê?

À SOMBRA

À beira de uma estrada qualquer, sob a sombra de uma árvore, ela foge das ruínas, dos mapas, das praias recomendadas, das filas de turistas nas paradas de ônibus que levam ao lugar que ela deveria ver. Passaram dois automóveis e um homem sem dentes numa bicicleta. Do outro lado da estrada, um mecânico tenta encaixar um para-choque dando pancadas. Ela pergunta para onde leva aquela estrada, ele diz que para uma praia, ela pergunta se passa um ônibus, não passa nenhum, ela pergunta se daria para chegar caminhando, o mecânico duvida. Ela volta para a árvore. No mapa não aparece nenhuma praia. Um carro se aproxima. O motorista e sua família falam apenas turco, eles tentam se comunicar por mímica, mas é cansativo para todos. A estrada vira um rastro que passa por entre as raízes dos pinheiros até desembocar em uma baía solitária. A única forma de voltar será com a família que a trouxe. O pai, gordo e rude, de bigode grande, prepara o fogo. A mulher, de rosto meigo e corpo fornido, corta os legumes. A filha adolescente, envergonhada pelo crescimento repentino dos seios, toma banho de camiseta, e o filho caçula rola na areia.

De volta à cidade, convidam-na para conhecer a casa deles. Ela tenta recusar, mas é arrastada por bairros que não aparecem no mapa e perde a orientação, até que o automóvel para na rodovia que sai da cidade. Mãos diligentes fazem seus tênis desaparecerem. Usando chinelos abertos no calcanhar, ela é conduzida a um banheiro espaçoso. Apesar de haver chuveiro, a dona da casa lhe indica uma toalhinha, um balde, uma vasilha e uma banqueta. Quando se prepara para enxaguar o sabonete com a água da vasilha, a dona da casa entra, pega a toalhinha e ensaboa suas costas. Depois a obriga a aceitar uma calcinha nova de algodão branco que chega à sua cintura.

Jan Potocki conta que, quando os otomanos conquistavam um vilarejo, deixavam-no continuar com seu governo, costumes e religiões, em troca de aceitar sua tutela militar.

Na sala, o pai exibe o home theater, o videocassete, o aparelho de som, o aspirador de pó, a antena parabólica. As mulheres na cozinha preparam sopa, *burekas*, rabanadas, geleia caseira, nata, queijo, azeitonas, tomate, pão, mel e manteiga.

A dona da casa observa com atenção os movimentos de sua convidada: quando ela está prestes a terminar uma rabanada, corre para pôr outra em seu prato. De nada adianta recusar. A mulher só para quando ela comenta que precisará abrir um botão da calça.

O caminhoneiro, animado com sua hospitalidade, toca um instrumento tradicional e obriga os filhos a dançarem. A garota, que esteve folheando um dicionário de inglês, puxa a convidada e foge com ela para fora de casa. – *Come* – sussurra no escuro, pondo ao alcance dela uma escadinha de mão. Na Turquia, os telhados servem de piso para um segundo andar adiado por uma eterna crise. A garota, que herdou os olhos pretos da mãe e os traços rudes do pai, fica em silêncio para lhe dar tempo de contemplar a rodovia de seis pistas iluminada pelos faróis dos automóveis. – Para você – murmura, depositando na palma estrangeira uns brincos de miçanga que escolheu entre suas joias. Segurando sua mão, leva-a à parte de trás do telhado, entre casas iguais à sua, e aponta para uma plantação de milho. O vento roçando nas folhas traz o som do rio, há um espantalho, e em algum lugar um pássaro gorjeia. A viajante tira de sua orelha o brinco em forma de pássaro que não sumiu pelo ralo do chuveiro no Chipre e entrega a ela.

A mãe arrumou uma cama na sala. Tomando cuidado para não ofendê-los, ela explica que na manhã seguinte terá de seguir viagem bem cedo. Eles tentam convencê-la de que a cidade escolhida não é digna de interesse, fica muito longe, faz frio e as pessoas não são boas.

A garota aproveita uma distração para levá-la até seu quarto, onde lhe mostra o interior aveludado do cofre de latão que servirá de gaiola para o pássaro que ela lhe deu. Na mesinha de cabeceira, tem aberto *À sombra das moças em flor*, de Proust.

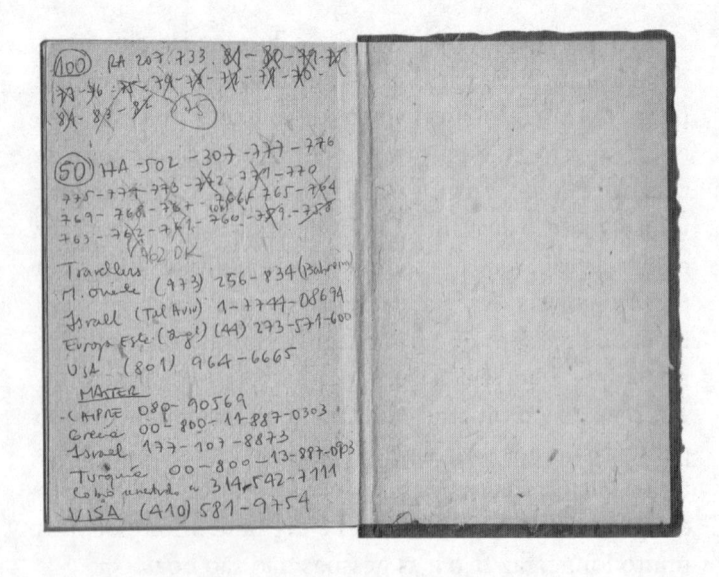

Para o caso de perda ou roubo, ela anota no caderno branco os números de série dos cheques de viagem gastos e os que ainda estão em sua posse.

Segunda-feira, 3 de maio, Olympia

Esqueci a toalha na pensão de Fethiye. Quantos dias ficará pendurada no varal?

SANGUE QUENTE

Sua curiosidade sobre o mito sexual do homem mediterrâneo e muçulmano foi saciada. Aconteceu de um jeito imprevisto. Ao chegar à pensão Pasa, na Capadócia, o dono a convida para um churrasco no seu quintal. Às quatro da tarde, saem para comprar cabrito, raki, tomates, pimentas e pão. Participam do processo o filho adolescente e uma mulher de rosto meigo e olhos claros, com o corpo prematuramente maltratado, que se revela sua esposa. Quando chega a hora de servir o churrasco, os dois ficam dentro da casa. Ao insistir para ele trazê-los, o dono faz um gesto de desdém.

O quintal é uma horta onde crescem cebolas, tomates e pêssegos, num flanco das montanhas da Capadócia. Dentro de uma toca, o homem mantém alguns móveis, copos, talheres e pratos. – Tenho esse lugar para vir e relaxar – isso quer dizer que ele o comprou com o dinheiro do patrimônio da família, para o qual a mulher contribui com o trabalho de lavar, limpar e cozinhar para a pensão.

Enquanto comem os pedaços de cabrito assado no espeto, aparece um taxista, compadre do dono, e começam a relembrar uma viagem à França (estão há tantos anos contando a história que é impossível precisar quando aconteceu), na qual levaram à loucura todas as francesas que encontravam pela rua. Centenas de atos sexuais e orgasmos femininos, *u lá lá*. – Os homens franceses não fazem amor, só falam de amor – filosofa o dono da pensão. – Por isso as mulheres ficam doidas com os turcos. Como prova, o taxista pega um cartão-postal surrado com uma ruazinha de interior que poderia ser de qualquer lugar do mundo.

– Como é o sexo com suas esposas? – a estrangeira tem a ideia de perguntar.

– Não existe sexo.

– Como não existe sexo?

O taxista zomba:

– Ai, estou com dor de cabeça, ai, estou doente, meu peito, minhas pernas. Sempre estão com alguma dor. Nunca querem fazer sexo.

O mito sexual desmorona. Turcos, árabes, mediterrâneos, incapazes de seduzir suas próprias mulheres, fazem sexo com francesas cujos maridos são incapazes de seduzi-las, uma cadeia de insatisfações próprias e desejos alheios.

ÁLBUM DE FAMÍLIA

Nas montanhas calcárias da Capadócia, as pessoas que fugiam da perseguição religiosa cavaram casas e igrejas, pintaram afrescos, esculpiram altares, mesas, camas, cadeiras, desenharam a liberdade em uma cela.

Numa noite de verão, ela se encontra ali com dois turcos, filhos de emigrantes macedônios, e uma eslovena. Os três compartilham a cultura dos Bálcãs. Em comum, não apenas a mesma língua, como também as sobremesas de infância, as músicas populares, os programas de tevê... Ela tem a sensação de citarem *leche nevada*, passa-anel, a casa onde morava Paulette e sua mãe, que dormia com homens que não eram seu marido, os Establecimientos Oriente, a churrascaria El chancho con chaleco, o trenzinho dos Juegos Diana, o instante em que o pano se fechava e ela apertava a mão do avô.

Um homem e uma mulher posam em frente a um muro branco.
A mulher usa um elegante chapéu de lado
e na mão direita aperta uma bolsa.
A mão esquerda repousa no braço
de um homem vestindo uniforme militar.
Eles sorriem.

Os dois homens que nasceram, se casaram e tiveram filhos na Turquia choram por uma Macedônia que não chegaram a conhecer. Seu canto abarca as montanhas e os vestígios dos emigrantes nas paredes.

De volta à pensão, a eslovena comenta que as palavras, as danças, as músicas e os programas de tevê lembrados pelos filhos dos emigrantes não correspondem à Macedônia.

Pela primeira vez durante a viagem, ela mostra o álbum fotográfico que achou no mercado de pulgas da avenida Arrieta. A eslovena reconhece seu país. *Plitvice* significa férias, *bled* corresponde a um balneário às margens de um lago, *Jezersko*, a um vilarejo fronteiriço no sopé dos Alpes. O que seus parentes poderiam estar fazendo ali? A eslovena tem a ideia de descolar uma fotografia da moldura de papel para ver se tem algo escrito no verso e descobre uma data: 1940.

– Lamento dizer que naquela época o exército austríaco estava sob o domínio nazista, portanto, dificilmente pode se tratar de parentes seus. E tem mais uma coisa – ela hesita –, *Rimski* significa banho romano, portanto, *Rimski Vrelec* – diz, pousando a mão no braço da chilena – é um lugar de águas termais.

A mulher que posou com o militar em frente ao muro
deixou a bolsa e o chapéu na grama.
De maiô, ela segura as patas dianteiras de um
cachorro, que se vê forçado a andar comicamente sobre
as patas traseiras.

Ela guarda a folha com o nome do vilarejo onde nasceu seu avô paterno entre as fotografias encontradas no Chile com um sobrenome que não é o seu escrito na primeira página. Faz seis meses que ela está viajando com um álbum sem relação com a sua biografia. Nas montanhas da Capadócia, o laço se revela frágil demais.

Segunda-feira, 17 de maio, mar Negro

De agora em diante, tenho 10 dólares diários, um visto para a Ucrânia por 17 dias que me custou 100 dólares e uma carta do cônsul honorário do Chile em Istambul, dirigida ao cônsul da Ucrânia na Turquia, certificando que sou uma pessoa de boa conduta.

"Filha linda:

Aleluia, estamos viajando! Me sinto uma princesa, de tão bem que nos atendem. Vou voltar rolando, porque comemos o dia inteiro, da hora do café, às 8 da manhã, até as 11 da noite. Temos cinema, jacuzzi, piscina, *boite*. Ontem teve um leilão de arte (quadros), tem bingo, cassino (já joguei), butiques etc. Todos os funcionários são africanos ou filipinos ou colombianos ou indonésios (pouquíssimos falam espanhol). Muitos gringos. No começo fiquei assustada. Depois, olhando o navio partir no convés, tropecei e disse: *chucha*![2] Então, duas senhoras se aproximaram e me perguntaram: chilena? Imagine só a alegria delas. E, ao saberem meu nome, uma gritou: você não era do Liceu 5? Sim! Fomos colegas de classe, e no refeitório do navio estamos entre chilenos, nos passeios e nas festas também ficamos juntos. O que acontece é que nos passeios eles não querem traduzir, então agora fomos à luta, porque somos doze chilenos e todos bons de briga, é a maior gozação.

Agora estou te escrevendo do convés, porque daqui a meia hora vamos passar por uma eclusa no canal do Panamá. Fizemos um tour em que nos explicaram tudo, mas agora quero ver isso pessoalmente.

Amanhã fazemos escala no porto da Costa Rica e na sexta-feira em Montego Bay, estou feliz, relaxada, curtindo essa viagem maravilhosa. Chegando em Santiago,

---

[2] [N. da T.] "Merda!", em gíria do Chile.

descanso uma semana. Se o Sergio estiver em Santiago, te mando um e-mail. Passaremos quatro dias em Cartagena das Índias e faremos muitos passeios para conhecer bem a cidade, tem uma praia imensa de águas mornas. Seu pai está tirando um cochilo e está feliz da vida. Te amo muito, muito, estou sempre pensando em você. Beijos. Doris."

O NAVIO TROPICAL

Mar Negro. Ela espera na boate do Mehmet a polícia turca e os funcionários do navio conferirem as fotocópias escuras das prostitutas e contrabandistas ucranianas que voltam de Istambul a Odessa. Tem a que parece uma dona de casa (o marido a abandonou com quatro filhos); a prostituta velha, exausta e solitária; a que não pode deixar de se oferecer mesmo quando não há clientes.

Todos para quem ela contou da viagem à Ucrânia a alertaram: "Roubam na rua e nos hotéis, a polícia rouba". Ela carrega uma parte do dinheiro escondida no forro do caderno branco, dentro de um absorvente e debaixo da palmilha dos tênis. Para o caso de a roubarem mesmo assim, enrolou uma nota de 20 dólares num papelzinho em que anotou os números dos cheques de viagem e, com um pedaço de fita adesiva, colou-o no sutiã. Com uma corrente, prende a mochila e o computador no pé do banco. Um velho com cheiro de vodca (do Chile, ele conhece as palavras Pinochet, Salvador Allende e Neruda) lhe ensina a colocar as almofadas no piso como um colchão. Oferece a ela um bolinho e comenta como ela é bonita (não falha nunca). O açúcar a faz esquecer o medo, até que acorda com o sol na cara sem saber onde está. As ucranianas se maquiam em seus assentos. Mais tarde as encontra no convés, bronzeando-se com biquínis minúsculos ou de topless como se estivessem nos trópicos. O lugar se chama Tropical Bar e nas paredes pintaram umas palmeiras esquálidas. Seus corpos grandes e carnudos têm a pele flácida como sua avó, sua mãe e ela, à medida que envelhece.

Dez da noite

As pobres luzes coloridas da discoteca parecem as da Gloria de Horcón fora de temporada, com a vedete Babilonia dançando sozinha. Na pista há três meninas de 8 ou 10 anos, sensuais como as mulheres nas mesas, cintilantes como se navegassem num cruzeiro de luxo. As músicas, antigas, americanas. O velho está com a filha, uma amiga e duas contrabandistas gordas com verrugas no rosto. A filha não quer que o pai beba. O velho não sabe o que fazer se não estiver bebendo. O capitão tira para dançar uma mulher vestida de lamê, aquela sedução sutil, aquela nudez provocante, de volta ao mundo cristão. A filha carrega o pai, envergonhada por ele mal conseguir caminhar.

Oito da manhã

Irina, a recepcionista do navio, tem olhos azuis e sedutores, é fornida ao estilo das mulheres soviéticas, mas abundante em sinuosidades. Pergunta à passageira se ela sabe que seus sobrenomes são ucranianos. Ela conta por que está viajando à Ucrânia.
– Conhece alguém em Odessa?
– Não, ninguém.
– Ninguém na Ucrânia? E se acontecer alguma coisa com você? Venha me buscar às cinco e eu te mostro a cidade.
Não será a primeira vez que um personagem salva seu autor.

VAIDADE

No final da escadaria de Potemkin, é surpreendente o silêncio e a amplidão. Os edifícios, projetados por arquitetos que Catarina, a Grande mandou trazer da Itália e da França para fazer de Odessa uma cidade cosmopolita, dispõem de espaço para serem contemplados sem a interferência de letreiros. São necessários vários dias para compreender a origem do silêncio: o capitalismo traz dentro de si o burburinho da circulação que satura o ouvido para convencer o consumidor a comprar. Acostumado com o barulho que o deixa louco, parece estranho encontrar-se sozinho. O que se vê ao caminhar? Os outros, as flores, os frisos, os pensamentos como num espelho.

Em nenhum outro país ela viu mulheres tão elegantes. Vestidas de dia como se fosse noite, os tecidos transluzem no entardecer o que o corte insinuava sob a luz. Por entre majestosas avenidas, ladeadas por antigas limeiras e edifícios esculpidos com animais e deusas, tem-se a sensação de que atravessam os pórticos para assistir a uma festa num palácio. Detrás das fachadas dos edifícios desenhados pelos arquitetos franceses, aguardam cortiços decadentes, encanamentos úmidos e escadarias sombrias que dão acesso a quartos subdivididos, onde vivem famílias numerosas sem trabalho, costureiras empobrecidas que copiaram os elegantes vestidos de revistas ocidentais fora de moda.

Há cidades que carregam seu destino como um peso. Odessa foi criada como um centro cosmopolita e se transformou num castigo à vaidade.

AS GOLPISTAS

Às cinco da tarde, Irina, a recepcionista do navio, aparece na esplanada do porto. Como ainda faz calor, sugere visitar os museus, beber algo na sua casa e passear pelo centro. A turista aceita com a condição de convidá-la para jantar. Pelo que leu, não vai custar mais do que cinco dólares. Embora a tenham avisado para não mostrar seu dinheiro, Irina parece de confiança, e ela pede que a recepcionista a leve a uma casa de câmbio. Ela mesma recomenda trocar apenas 20 dólares por grívnias e guardar os outros 30.

Na rua, conta que sua melhor amiga irá encontrá-las na Ópera, onde insistem em comprar seu ingresso para evitar que lhe peçam um valor mais alto por ser estrangeira. Clarisa tem o cabelo pintado de loiro, os olhos verdes e um corpo voluptuoso de cinquentona. Passam em frente ao castelo de Tolstói e à casa de sua amante casada, por quem ele foi para o exílio. Irina conta que, devido aos assassinatos de Stálin e à guerra do Afeganistão, faltam homens em Odessa. Ela própria é mãe solo: um tripulante do navio omitiu seu estado civil e, para não ficar sozinha, decidiu ter o filho. Clarisa teve mais sorte. Seu primeiro marido morreu, mas arranjou um segundo.

– Agora vou te mostrar dois lugares onde podemos comer. Você escolhe.

O primeiro é um jardim com mesas improvisadas e um violinista. Ela se pergunta se também terá de pagar pelo jantar de Clarisa. O segundo tem um glamour antiquado que evoca os russos dos filmes de James Bond. As salas são decoradas com motivos diferentes.

– Ficamos aqui? – pergunta Irina, apontando para a sala vermelha.

Ela imagina que o restaurante do jardim é mais barato, mas as duas parecem cansadas. Embora seu orçamento diário não possa ultrapassar 10 dólares, o ar-condicionado, a toalha vermelha, as taças de cristal... Se gastar 10 hoje, amanhã come pão com queijo e recupera.

Como o menu está em ucraniano, Irina decide.

– Carne ou peixe?

– Peixe e vinho.

– O peixe é um pouco caro – admite. – Vamos pedir duas saladas gregas, dois pratos principais e vinho branco.

– Mas somos três – protesta.

Clarisa indica que não quer comer. A turista insiste que ela aceite seu convite. Irina conta que seu salário no navio é de 500 dólares por mês e que nunca lhe pagaram (ela vai descobrir que é uma prática comum na Ucrânia). A turista pergunta do que ela vive.

– Cobro pelas fotocópias, guardo malas. Tenho sorte de ter um trabalho. Clarisa está há três anos desempregada.

A garçonete serve o vinho. Gelado, seco, perfeito.

– Se as pessoas são tão pobres, como é que as mulheres andam tão bem-vestidas?

– É a única coisa que nos resta – riem. – Arranjar um marido rico.

– Eu era tão romântica quando jovem... – suspira Irina, espetando um tomate. – Depois que terminei os estudos de magistério, viajei para a Sibéria. Agora que penso nisso, fui corajosa: estar sozinha naquele ambiente... Depois, não quis continuar lecionando e me candidatei para uma empresa que fazia cruzeiros pelo mundo. Com a queda do comunismo, a empresa se dividiu e fui obrigada a aceitar o trabalho no Mehmet.

A garçonete serve três panquecas pequenas cobertas com caviar vermelho. As bolinhas explodem na sua língua. Elas falam da crise dos homens e da dificuldade de se comprometerem, da vida que sonharam e não aconteceu, de estarem em Odessa, duas ucranianas e uma chilena cujos avós nasceram na Ucrânia, comendo caviar. Brindam aos seus desejos com um rubor que pode ou não provir da última taça de vinho. Embora ela também não tenha trabalho no Chile, promete arranjar um a elas e, por que não, um bom homem.

A garçonete traz a conta. Clarisa olha para o outro lado. Irina insinua que vai contribuir, mas, depois do que elas lhe contaram, a turista não pode aceitar. Deixa os 30 dólares em cima da mesa e os outros 20 convertidos em grívnias.

– Eu pedi o mais barato – desculpa-se Irina –, mas a garçonete nos ofereceu os vinhos mais caros – insiste, no táxi de volta ao hotel.

Durante os 18 dias que passou na Ucrânia, ninguém a enganou, roubou ou pediu mais dinheiro do que os ucranianos costumam pagar. As únicas golpistas foram as que lhe alertaram contra os golpistas. Não se arrepende. Assim como elas, experimentou a sensação de viver ao rés da realidade. Assim como elas, arriscou tudo por uma fantasia grandiosa, ainda que breve. Só sendo mulher para entender.

AS DEBUTANTES

O parque Sofia, criado por um conde polonês para cortejar sua segunda esposa, uma escrava grega que ele comprou na Turquia, é o único motivo pelo qual uma cidadezinha como Uman figura no mapa.

Às cinco da tarde, o sol derrete a paisagem, e os visitantes refugiam-se à sombra das estátuas gregas. Indiferentes ao calor, as crianças correm, atraídas pelas inúmeras possibilidades de escalar e se perder. Pelos interstícios da floresta, surgem sete jovenzinhas vestidas de preto, roxo e vermelho. O farfalhar da seda inunda tumultuosamente os caminhos de cascalho. Pregas, decotes e fendas fazem surgir seios e coxas de potrancas. Entre risadas e acompanhadas de um menino e uma anã, as jovenzinhas deixam para trás a ilusão de que apenas sua ausência atrasa a festa do conde polonês.

Às sete da noite, seus habitantes passeiam pela rua principal de Uman. Numa lanchonete, a turista chilena tenta explicar à dona do local que quer comer qualquer coisa, mas a mulher lhe pergunta um nome, qualquer nome. Exausta pela confusão, a dona consulta os clientes da área reservada. Ao correr a cortina, aparecem as debutantes, o menino e a anã. Uma jovem que sabia meia dúzia de palavras em inglês se oferece para ajudar a estrangeira. Na sua mesa há uma pequena garrafa de vodca, água e um prato com restos de salada e de pão. Elas têm 16 anos, moram em conjuntos habitacionais construídos pelo ex-governo comunista, saíram da escola e passeiam vestidas de festa pela rua principal de Uman esperando encontrar um marido rico que anule o feitiço do destino.

A jovem que fala inglês oferece à estrangeira um copinho de vodca. A dona traz salada, pão e um escalope de frango com batatas salteadas. Como sacia sua fome com a salada, empurra o prato com o frango para o centro da mesa. Ninguém se atreve a tirar. A garrafa de vodca acaba e a estrangeira propõe comprar outra. Sua tradutora se nega, mas as outras (incluindo a anã e o menino), achando que ela não entende – quando há gestos que são universais –, pressionam a garota para lhe perguntar se ela gosta de vodca. A estrangeira assente. Sem tirar os olhos de seus amigos, a tradutora pergunta se ela quer mais vodca. A estrangeira repete a oferta, mas eles exigem que ela vá até o balcão para pedir uma garrafa pessoalmente.

Quando volta, não apenas sumiram o pão, o escalope e as batatas, como lhe perguntam se ela quer uma garrafa d'água (bebem vodca com água). A estrangeira responde que não precisa de água. Confusos, discutem entre si, apontam para a garrafa vazia, viram-na de cabeça para baixo. A estrangeira aceita comprar uma, mas se recusa a ir até o balcão. Quando a água chega, o apetite das jovenzinhas, da anã e do menino está descontrolado. Perguntam se ela quer mais salada, escalope, pão, cerveja... Depois de contemplar as alvoroçadas fantasias despertadas por ela, a estrangeira deixa o local.

ÁLBUM DE FAMÍLIA

Em 1910, no navio que trazia os pais dela da Ucrânia para a Argentina, nasceu Rosa S. Sua neta nunca soube em frente a qual costa, se nos limites de um país ou em alto-mar. Quando lhe perguntava detalhes de sua infância em Temuco, lembranças simples, um brinquedo, o primeiro baile, Rosa S respondia que sua vida era triste demais para uma jovenzinha com tanto tempo pela frente. Quem sabe quando fizesse 18 anos, se respeitasse os pais, se entrasse na universidade... Com o mesmo véu, cobria as incertezas de sua vida e de sua neta.

Uma mulher no meio da neve está de pé
sobre esquis sem se mexer.

O marido de Rosa S morreu de câncer de pulmão em 1973. Não chegou a morar no apartamento que compraram no bairro de Providencia. Rosa se mudou sozinha para o edifício da rua Lota. Duas tardes por semana, a filha e a neta abriam caminho entre os militantes de esquerda e os da Patria y Libertad, que discutiam no Coppelia, para visitá-la. A avó bordava, a mãe fazia crochê e a neta trocava as agulhas pela caneta. Naquelas sessões, conseguiu descobrir que sua bisavó materna se separou do marido com quem emigrara de navio da Polônia, distribuindo os três filhos em casas de parentes enquanto trabalhava e vivia miseravelmente num quartinho de pensão em Valparaíso. Durante aquelas sessões, entre linhas e agulhas, Rosa S tentava convencer a neta de que deveria se casar com um judeu rico. Se a jovem colocasse o amor na frente do interesse, a avó argumentaria que o romantismo durava um segundo, e a vida, anos. Ao fundo, sua mãe acrescentava que príncipes encantados não existiam. Encerrada a discussão, dedicavam-se a comentar os casos de judias que haviam se rebelado contra o destino, tendo que viver entre os gentios como castigo. A jovem ouvia especialmente as partes silenciadas, o território sem palavras.

A mulher sobre os esquis continua imóvel.

Sexta-feira, 21 de maio, Odessa

Recebo uma carta da minha mãe em resposta a uma minha, em que eu lhe perguntava por que a vovó foi infeliz. Ela conta que os parentes com quem vovó morava de favor a tratavam como uma empregada. Aos 18 anos, conheceu um judeu tão pobre quanto ela, estavam apaixonados, mas não tinham futuro. Numa festa, ele conheceu a filha de um judeu rico e ficou noivo. Nessa mesma festa, Rosa S conheceu Moisés M. Ela não o amava e ele tinha outras mulheres como amantes, judias que haviam se rebelado contra o destino.

Fotografada mais de longe
nota-se que a mulher sobre esquis está no meio
de uma estrada.

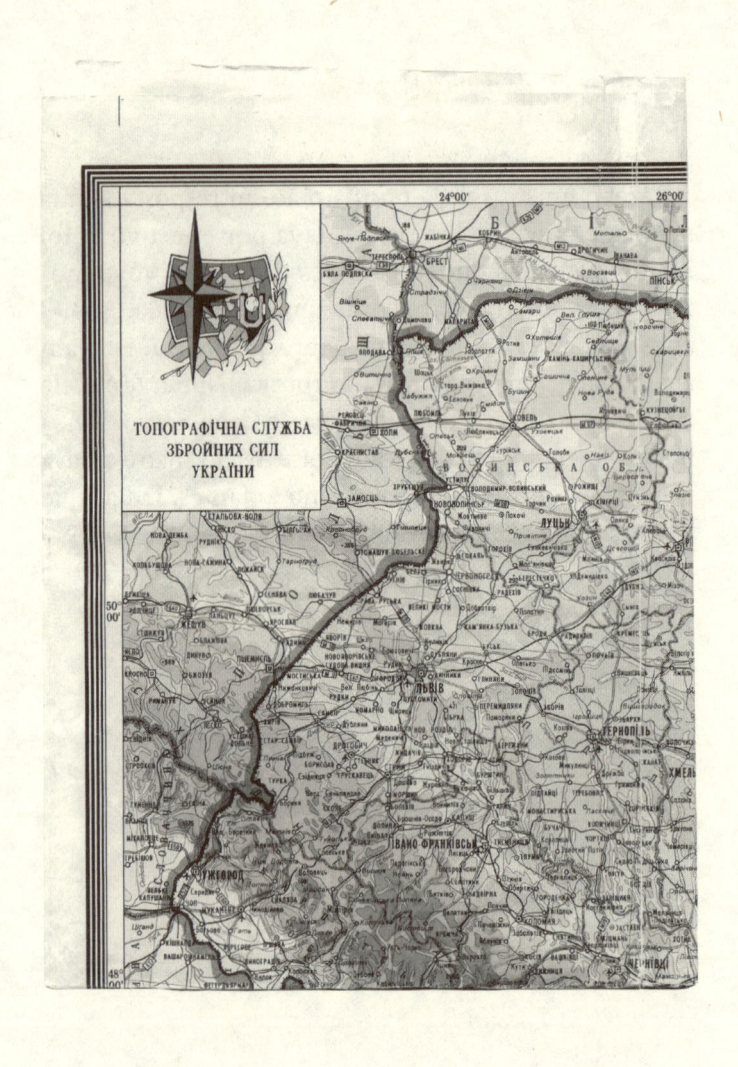

Mapa da Ucrânia comprado numa livraria de Odessa, onde a vendedora, formada em turismo, apontou o vilarejo de Ulanov.

Sexta-feira, 21 de maio, Kiev

Não sei onde procurar. Leio num jornal escrito em inglês o anúncio de um grupo chamado Haaretz que irá se reunir na próxima sexta-feira para celebrar o Shabat no Jewish Actor House, na rua Yaroslaviv Val 7. Telefono para o número 2452743. Ninguém atende.

Nas seis páginas seguintes do álbum, estão faltando as fotografias.

ANCESTRAL

Lvov. Na avenida Svobody (da Liberdade), num café aberto por um novo rico, um desfile de moda é apresentado ao ritmo de um sintetizador que confunde a música ambiente com o glamour. O exagero de babados, pregas, brilhos e fendas evoca o quarto escuro da costureira do bairro; esse personagem que sonha com o seu nome impresso na etiqueta dourada e tem de se contentar com clientes que lhe encomendam cópias de modelos criados por outros. Como vingança, a costureira sugere mais apliques, babados, paetês. Empolgadas em transformar suas filhas em princesas que conquistarão príncipes, as mães gastam o dinheiro do mês e os maridos não conseguem entender que, em vez de verdadeiros peixes-reis, cheguem à mesa talos de acelga besuntados em ovo e farinha.

Na avenida Svobody, um quarteirão depois do desfile de moda, ao lado do monumento que simboliza a independência da Ucrânia, cerca de cem pessoas, a maioria de idade, cantam melancólicas canções ucranianas. Suas vozes roucas, agudas, apaixonadas, dignas agarram-se às notas como ao país. Todos os domingos às sete da noite eles se reúnem para entoar canções antigas. Alguns sabem a letra inteira, outros esqueceram e vão lá para reaprender, trazendo os netos e os filhos.

Sexta-feira, 28 de maio, Kiev

Chego à rua Yaroslaviv Val 7 uma hora antes do combinado. Encontro um teatro de pedra com gárgulas dos dois lados da porta fechada. Sento numa praça próxima, estou nervosa. Pela rua, surge uma mulher estrangeira que bate na porta vizinha. Na casa tem uma sala de espera e uma secretária que não fala inglês. Os convocados chegam um por um e permanecem na rua sem conversar. Um homem sai da casa para nos conduzir por um túnel subterrâneo até o teatro. Protegidos sob a abóbada de pedra, adquirimos o aspecto excêntrico e desolado de um grupo de náufragos. O guia, um jovem e sua irmã tocando violão dão início ao culto. Suas vozes transformam as melancólicas e tristonhas canções do templo da minha infância em melodias alegres e esperançosas. Ao final da cerimônia, enquanto partilham pão e vinho, os náufragos me contam que a maioria dos judeus da cidade conseguiu emigrar para Israel ou para a América. Restam apenas eles, marginalizados da comunidade ortodoxa por se filiarem a um grupo reformista, sem passaporte e com uma mãe ou um pai idoso para cuidar. Às vezes, reunidos numa sexta-feira no teatro vazio do subsolo, após o culto religioso, leem o anúncio no jornal escrito em inglês, juntam as moedas para o aluguel e voltam para casa. Às vezes chega um estrangeiro perguntando pelo avô paterno e eles se veem obrigados a nomear o lugar oficial da comunidade: Podil.

LUZ E SOMBRA

Em seu *Diário de Moscou*, escrito em 1926, Walter Benjamin narra o entusiasmo dos moscovitas por entrarem nos museus após a revolução.

Em 1999, os museus estão vazios e várias salas foram fechadas para reduzir despesas. As que estão abertas permanecem no escuro até que um visitante cruze o limiar. Seus passos despertam a velha sonolenta na porta, que levanta da cadeira e caminha até o interruptor de luz. Basta o visitante pisar fora do salão para que a velha apague a luz. Na sala ao lado, seus passos despertam outra velha, que liga um novo interruptor.

Em um museu, ela contou doze velhas. Algumas tentam folhear um jornal, mas o silêncio e a penumbra acabam vencendo seus olhos. Esses são os museus que um dia inspiraram Benjamin.

Quinta-feira, 3 de junho, Kiev

Um casal norte-americano que leciona inglês em uma universidade de Kiev há seis anos me alerta: "Você precisa ter muito cuidado. Se alguém bater na porta do seu quarto no meio da noite, mesmo que se apresente como a polícia, não abra".

No hotel, a recepcionista me pede que acerte a diária do alojamento; como não troquei dólares e a agência do hotel está fechada, aviso que pagarei depois.

À meia-noite, ouço fortes batidas na porta. Pergunto quem é. Como resposta, tentam abrir a fechadura obstruída pela chave. Fazem isso três vezes. Passo o resto da noite sentada na cama, com o canivete que mandei afiar na Pasaje Matte, contemplando a porta trancada.

De manhã, a recepcionista do hotel me avisa que, como não paguei o alojamento, antes de terminar seu turno, foi até o meu quarto para cobrar o dinheiro.

No quintal de uma casa,
ao lado de um muro de tijolos coberto por uma
trepadeira, um homem de cabelo grisalho e óculos
com armação de metal, recostado numa cadeira de praia,
fala com uma expressão presunçosa.
Duas senhoras robustas o escutam.
Uma delas tem os braços cruzados sobre o
avental. A outra, com os braços na mesa,
exibe o colar de pérolas que a moça inclinada usava.
Como ela, está de olhos fechados.

SACOLAS PLÁSTICAS

No Ocidente, ninguém pensaria em considerar as sacolas plásticas como um bem. Mais do que isso, as pessoas se questionam se é preciso ter tantas, já que não só invadem as casas como as ruas. Uma amiga contou à viajante que, ao fazer 40 anos, percebeu que sempre carregava uma sacola: materiais escolares, compras, uma calça com o zíper descosturado, um quilo de pão.

Na Ucrânia, sacolas plásticas são um tesouro que desperta inveja. Você pode comprar pão, frutas, embutidos e não receber uma sacola plástica. Terá de comprá-la. Se o pão vale 30 kopecs, a sacola custará 20. Ao sair à rua, deve-se ter o cuidado de trazer uma ou mais sacolas na bolsa. Feitas com um plástico fino, elas precisam ser colocadas uma dentro da outra, criando um som tão característico como o dos bondes. Há sacolas de grife com alças de plástico ou de sisal batizadas com o nome de Armani, Versace ou Boss, vendidas em bancas especializadas do mercado como bolsinhas de festa para mocinhas. Ela viu um homem demorar longos minutos comparando as sacolas até se decidir por uma.

Antes de viajar, a mãe dela pegou uma sacola plástica que havia jogado fora na cozinha e lhe ensinou a dobrá-la, assim como, por sua vez, aprendeu com sua mãe a aproveitar os restos de alimentos para fazer um novo prato, a não jogar comida fora porque em algum lugar do mundo há gente passando fome, a reaproveitar o pão amanhecido. Sua mãe não lembra o sobrenome de seu avô, nem como se chama o vilarejo onde ele morava, mas guarda sacolas plásticas em um país onde elas sobram.

ÁLBUM DE FAMÍLIA

Desde que Moisés M deixou sua cidade natal, em 1918, Kiev presenciou a revolução bolchevique, o governo de Stálin, as bombas alemãs e um gigantesco incêndio. Ao meio-dia do sábado 26 de junho de 1999, chove na antiga aldeia de Podil, um subúrbio com ruas que inundam como o bairro Once, de Buenos Aires, ou o Matta, de Santiago.

Um grupo de pessoas que aparece em fotografias
anteriores toma banho no lago.
Algumas jogam bola, um jovem pula
de um bote na água, uma mulher nada com a
cabeça de fora para proteger o penteado.

No pátio da sinagoga, um grupo de crianças corre. A viajante se aproxima da antessala onde os religiosos ortodoxos estão conversando. Um deles afasta com nojo a mão feminina que infringe a lei pela qual um religioso deve evitar qualquer contato físico com uma estranha para não cair em tentação. Do primeiro degrau, a estranha pronuncia seu sobrenome materno. O religioso pergunta qual é o segundo sobrenome do seu avô, ela não sabe; o nome do pai do seu avô, ela não sabe; o terceiro sobrenome, ela não sabe; o dos seus bisavôs, ela não sabe; pergunta se ela tem certeza de que é Mitnik, ela não tem. O ortodoxo conclui que se trata de uma impostora ou uma judia que traiu a Lei, lhe dá as costas e entra no templo.

Duas garotas jogam bola na grama.
A que está de costas chuta para o alto.
A que está no fundo ergue os braços para recebê-la.
No vértice do triângulo, uma mulher mais velha
espera sua vez.

Como nas sinagogas da avenida Matta com a rua Serrano, em Santiago, as mulheres ficam separadas dos homens. Degraus íngremes levam ao segundo andar, apenas uma saliência com piso de tábuas separada do vazio por um parapeito. As rachaduras nas paredes foram cobertas recentemente, há potes de tinta e manchas de gesso no chão. No primeiro banco, com as costas retas e usando vestidos disformes confeccionados com um tecido grosseiro que faz a pele coçar, seis ou sete garotas se espremem. De tanto em tanto, olham por cima do parapeito os homenzinhos de preto no primeiro andar, que se balançam, murmuram e cantam louvores ao Deus que os escolheu. As garotas viram as páginas do livro de orações. A viajante fica impressionada com a culpa maculando os olhos delas.

Num lugar que parece um clube, um homem maduro
e duas mulheres descansam em cadeiras de lona.
Da grama, um menino com roupa de banho
contempla o lago onde os outros nadam.

A chuva molha a estrangeira, que, sem endereço na Ucrânia, não sabe onde fica o rio, o centro, a sinagoga de Podil. Tremendo, refugia-se num bar. Os espelhos do teto refletem a sujeira, o frio, o abandono, uma mulher gorda e grisalha tomando vodca num copo plástico. Viajar é uma forma de se ver, não no espelho, mas na poça.

Um jovem com roupa de banho, deitado de costas no bote, com os cotovelos apoiados nos troncos, contempla a vastidão.
A jovem ao lado dele se bronzeia de olhos fechados, a menina gorda que os acompanha veste apenas a parte de baixo do biquíni e, ao se inclinar para a frente e segurar os pés com as mãos, seus seios infantis saltam para fora.

Sábado, 26 de junho, Podil

A chuva passa, ela sai do bar, pensa reconhecer uma esquina, um número de bonde que não existe, um mercado. A espessura do creme azedo, o cheiro de leite coalhado ao sol que sua avó escorria numa meia para fazer ricota, os espinhos das anchovas que ela arrancava em água corrente espetando os dedos, o longo balcão de legumes em conserva: berinjela, repolho, cenoura, picles. As vendedoras a seduzem com suas vozes. No final do corredor, a mais jovem só tem para oferecer pepinos na salmoura. Com um movimento de olhos, aponta para o pote de vidro. Sua mão avermelhada retira um pepino de pele esbranquiçada, a carne mole, cheia d'água... As outras vendedoras sabem que os pepinos da jovem estão sem sal. A estrangeira também sabe, porque, quando faz pepinos em conserva na cozinha de sua casa em Santiago, eles ficam esbranquiçados e moles, cheios d'água.

Agora em Podil, onde não fica sua casa nem a de Moisés M, enterrado no Cemitério Israelita de Santiago, em vez de escolher um pepino no ponto, compra o defeituoso e conserva a história.

Numa cadeira de lona, de costas para a câmera,
uma mulher de maiô abraça uma menina
que esconde o rosto no colo dela.

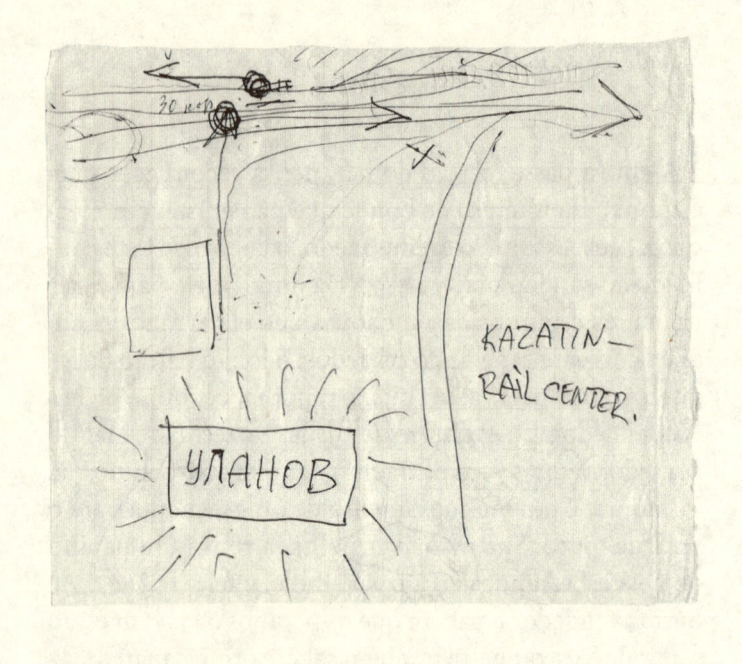

Trilhos desenhados pela bibliotecária do Departamento de Estudos Ucranianos da Universidade de Tel Aviv na folha em que o professor B escreveu o nome do vilarejo onde nasceu León Rimsky, na Ucrânia.

TREM PARA VINNITSA

Na plataforma da estação de Kiev, uma família se despede de uma mulher que não para de chorar e de fazê-los chorarem. O sino anuncia a partida do trem. Um jovem loiro, atlético, bonito sobe com ela no vagão. A mulher chora até a plataforma sumir. Chora até entrar no camarote e começar a fumar. Ela tem 30 anos e mora na Califórnia. Apesar de ter nascido na Ucrânia, seus pais conseguiram emigrar para a América. Agora, de visita à Ucrânia, se apaixonou pelo irmão mais novo de sua melhor amiga, cuja família chorava na estação.

O que têm em comum um belo e rude ucraniano de 18 anos com uma americana que estuda em Yale e mora na Califórnia?

A americana desembrulha a comida que a família do jovem preparou para a viagem: batatinhas douradas, frango ensopado, *crepalej*, picles. Assim que o namorado terminar o serviço militar, ela conseguirá um visto para ele viajar aos Estados Unidos. O jovem não diz nada. Talvez saiba que essa possibilidade não existe ou lhe baste sonhar com ela, talvez esteja cansado de ouvir a mãe dizer que seu futuro está na mulher da Califórnia.

Quarta-feira, 30 de junho

Tenho medo de passar reto, de que o motorista se esqueça de me avisar e não possa voltar. Campos de trigo, gansos, estradas de chão, mercearias, flores silvestres, um hospital no meio de um bosque de pinheiros, uma família numa carroça... Como saberei qual cidadezinha é Ulanov?

ULANOV

O ESPELHO

Um jovem chamado Antón Malinovsky leva a mulher que diz ser neta de um tal de León Rimsky até a casa de seus avós, a família mais antiga de Ulanov. O refugiado polonês Malinovsky está sentado às cegas no quintal ao lado de sua enérgica esposa. Antón lê a frase traduzida para o ucraniano pelo agente de turismo em Vinnitsa. A avó acaricia a nuca da neta de outra pessoa, dando a entender com olhos marejados que todos os judeus de Ulanov morreram ou fugiram. Antón leva a neta de León Rimsky até a casa que está reformando. Lá estão o neto dos Malinovsky, a família mais antiga de Ulanov, e a neta dos Rimsky, a família que ninguém conhece em Ulanov, fritando numa frigideira pedaços de banha com batatas, ovos caipiras e cebolas. Quando a tarde cai, o neto dos Malinovsky a convida para passar a noite ali. A chilena acorda na casinha de campo, vai em busca de ovos frescos na *babushka*, que acaricia sua nuca com dedos ásperos. Ela volta à casa, corta a banha e frita-a com batatas, cebolas e ovos. Antón acordou e está tomando sua primeira dosezinha de vodca. Como eles não têm nada a dizer um ao outro, nem como dizer, ela sonha com a vida que não leva num país distante chamado Chile. Quando a tarde cai, o neto dos Malinovsky a convida para passar a noite ali. A neta de León Rimsky se despede de Antón lamentando que Ulanov já não seja possível. Caminha até o bar onde cinco horas atrás deixou sua mochila e o notebook. No local, com cheiro de vodca e peixe salgado, estão a dona e dois velhos com o rosto estriado de rugas. A dona pergunta a ela como foi sua busca. A chilena conta que comeu banha frita com batatas, cebolas e ovos, como seu avô fazia em 1906. Ao ver seus sorrisos condescendentes, ela sente a necessidade de fazer um gesto de confiança. Tem a ideia de tirar da mochila o álbum de fotos que encontrou num mercado de rua no Chile, com seu sobrenome na primeira página e que, na verdade, não é seu sobrenome, mas um lugar de banhos romanos. A dona do bar e os bêbados acham as fotos bonitas.

Ela vai até a estrada, a estação de ônibus está fechada. Uma jovem guiando um bando de gansos lhe explica por gestos que não há ônibus para Khmilnyk, onde Antón mencionou um hotel, nem para lugar nenhum. A neta de León Rimsky fica na beira da estrada. À sua frente, uma placa indica que Ulanov está a dois quilômetros em direção ao interior. Ela nunca chegou a Ulanov.

> СТАРОЕ КЛАДБИЩЕ
> мой дедушка жил здесь до 1906 г.
> Леон Рыльский.

"Meu avô León Rimsky morou aqui em 1906. Sabe de alguém que o conheceu?" (Pergunta escrita por um funcionário da agência de turismo de Vinnitsa, Ucrânia, em 29 de junho de 1999.)

PELO RETROVISOR

Uma cerejeira. Um cinema que foi uma escola judaica e atualmente é um galpão abandonado. Um menino num balanço. Um rio. Um grupo de mulheres que não conhece os Rimsky. Gansos. Uma poça...

*Uma montanha nevada, uma rua com aspecto
interiorano, uma mulher fornida com um avental
na cintura que vai ficando para trás
e com a mão faz um gesto de adeus.*

"Meu pai:

Numa livraria de Odessa, uma jovem que falava inglês me ajudou a encontrar Ulanov no mapa. Fica perto de Vinnitsa. Nessa cidade, Sergei, da agência de turismo, descobriu que saíam dois ônibus por dia e me aconselhou a levar minha mochila, pois devia haver algum hotel.

Ao meio-dia, embarquei num ônibus desmantelado (com as janelas emperradas) lotado de camponeses que cheiravam a peixe salgado e atravancavam o corredor com suas sacolas. As horas se passaram, começou a cair uma chuva fina de verão. Pela janela, desfilavam extensas planícies de trigo, plantações, casas cinzentas, janelas decoradas com azulejos coloridos. Eu tinha pedido a um passageiro que me avisasse quando chegássemos a Ulanov. Estava viajando há três horas e meia e comecei a me preocupar, quando gansos me fizeram lembrar as cobertas de pena do vô e da vó. Tocaram no meu cotovelo: 'Ulanov', sussurrou meu vizinho de assento.

Me vi no meio da estrada, ao lado de gansos que bebiam água das poças formadas pela chuva, com a mochila e um pedaço de papel em que Sergei tinha escrito em ucraniano que meus avós moraram ali por volta de 1906. A primeira pessoa que encontrei desmentiu que houvesse um hotel. Caminhei pela rua principal até um café, onde deixei a mochila atrás de um balcão com pedaços de peixe salgado.

Ulanov é uma rua sinuosa, sombreada por altas cerejeiras, margeando um rio largo como o do Cajón del Maipo. Quantas lembranças deviam ser avivadas em seu pai toda vez que ele cruzava o rio Mapocho. Por isso plantou uma cerejeira quando comprou a casa da rua Maruri.

Um velho que passava por ali mencionou um tal de Malinovsky e apontou para uma direção. Um grupo de mulheres começou a gritar: Antón, Antón. Apareceu um jovem com um pincel. Ninguém falava inglês e eu só tinha aquele pedaço de papel. Antón era o neto de Malinovsky, o ancião mais antigo de Ulanov, que estava cego e não conseguia se lembrar de ninguém chamado Rimsky. Sua esposa me abraçou, lamentando que os judeus de Ulanov tivessem morrido ou fugido.

Como nunca esperei encontrar nenhum parente, também não senti desilusão. Eu desejava caminhar por Ulanov e ver com meus olhos o que seu pai tinha visto com os dele. Posso te dizer que Ulanov é uma vila bastante verde, próxima a um rio caudaloso. Nas margens há casas de barro e de madeira com hortas e árvores frutíferas. Um lugar de onde fugir e sentir saudade.

Antón me convidou para comer na casa que ele estava reformando. Preparou mexido de batata com cebolas e banha salgada. Sua avó nos trouxe ovos frescos. Antón me serviu vodca numa taça de cristal rosado com bordas douradas como as que sua mãe tinha, uma daquelas que eu guardo em casa.

Enquanto comia e bebia, não pude deixar de pensar que há 100 anos meu avô comera a mesma coisa, talvez nesta rua. Agora eu estava com o neto do homem mais antigo da vila, tentando comunicar através de gestos as vivências de duas pessoas da mesma idade que se encontram de surpresa pelo caminho.

As mulheres que conheci na rua escreveram num papel o nome de um vilarejo a 20 quilômetros dali, onde existia um hotel. Prometi a Antón voltar no dia seguinte. No café onde deixei a mochila, além da dona havia dois bêbados. Comovida, parei debaixo da luz da lâmpada para que pudessem comparar se minhas feições correspondiam às de uma ucraniana. Como não viram nenhuma semelhança, mostrei a eles as únicas fotografias de família que trazia comigo: os avós do lado materno, que não têm relação com Ulanov.

Quando saí para a estrada, eram oito e meia da noite e já não passavam ônibus. Mesmo assim, senti que nada de ruim iria me acontecer. Protegida pela história que corria no meu sangue, pedi carona para um caminhoneiro. Embora no mapa não aparecesse nenhuma Khmilnyk, eu soube que não devia ter medo da vida. Como as águas do rio, tinha que me deixar levar.

O caminhoneiro parou no centro de Khmilnyk. Um jovem de bicicleta, ouvindo rock no walkman, me levou até um castelo decadente e em ruínas no topo de um pequeno morro contornado pelo mesmo rio de Ulanov.

A funcionária, com seus incisivos de ouro, não conseguia entender o fato de eu estar sozinha e, desconfiada, não queria me deixar passar a noite ali. Então, lhe contei (através de gestos) a história de uma chilena que viaja a Ulanov para conhecer o túmulo de seus avós. Era uma história tão triste que comecei a chorar. A velha se compadeceu e me levou até um quarto muito alto onde corriam ratos e os lençóis estavam úmidos. Na manhã seguinte, tentei voltar a Ulanov, mas foi impossível conseguir um ônibus. Agora, toda vez que passo perto de um rio, lembro que eu e você não devemos ter medo de viver.

Sua filha que te ama."

Relação dos valores gastos na Ucrânia e do dinheiro que sobrou, entre cartões de crédito Mastercard e Visa, cheques de viagem, conta-corrente e dólares em espécie.

Segunda-feira, 5 de julho, Praga

A janela do quarto coletivo do albergue fica na altura de uma passagem de nível por onde circulam os bondes elétricos. O último passa à meia-noite e o primeiro às seis da manhã. A essa hora, surge na porta um jovem extremamente magro com uma toalha na mão (apesar do cinto, a calça escorrega nos seus quadris), murmura uma desculpa e desaparece pela porta que dá para o saguão.

O regulamento, que obriga os passageiros a deixarem a hospedagem entre as oito e meia da manhã e as seis da tarde – arbitrariedade que os proprietários de certos albergues usam para evidenciar que por esse preço não se pode querer o mesmo tratamento de um estabelecimento superior –, ocasiona um segundo encontro num café vizinho. Thomas, estudante de literatura em Oxford, deixa as frases inacabadas como se lhe fosse permitido habitar a fronteira das palavras. Se num primeiro momento sua acne chama a atenção, uma hora depois sua pele parece limpa e lisa. Um fenômeno semelhante também deve ter ocorrido com ele, pois em seus lábios desponta um sorriso que Balzac descreveria como o de um espírito romântico seduzido pela fantasia de ter encontrado uma alma afim. Nesse momento ele lembra que precisa encontrar sua tia, hospedada num hotel do centro, e, como o coelho de Alice, desaparece.

À noite, Giorgio, o dono da pensão, que se diverte atirando nos clientes com uma pistola d'água, me conta que a tia de Thomas telefonou duas vezes perguntando por ele.

Terça-feira, 6 de julho

No mesmo café da manhã anterior, Thomas me mostra uma passagem de trem para Cracóvia com uma expressão de entusiasmo e temor. Serão cinco dias de liberdade depois de passar duas semanas com sua tia. E se a tia gorda e dominadora for jovem e atraente como a tia Julia de Vargas Llosa?

Tento abrir passagem entre os visitantes do Castelo de Praga. A arquitetura é admirável, mas com menos eu poderia imaginar mais. Cabe lançar um debate se a restauração implica embelezar ou respeitar a pátina do tempo. Empetecada como um bolo de aniversário, Praga desperta admiração, mas somente as fendas, as fissuras, a opacidade abrem caminho para ir ao encontro que o rei e o conselheiro traidor tiveram no palácio, ao disparo dos canhões, à janela da torre onde o inimigo perdeu a razão. A beleza está na perfeição ou na decadência? A eslovena que conheci na Capadócia me explica em uma mensagem de e-mail que o aspecto atual da cidade se deve a uma decisão econômica. Praga foi vendida para as fábricas de tinta austríacas e de molduras alemãs; elas financiaram a restauração com o propósito de abrir mercado aos seus produtos. Os investidores sabem que os turistas querem ver na cidade eterna a vida eterna.

A arquitetura mostra que antigamente os burgueses protegiam suas casas esculpindo deuses ou palavras como justiça, fraternidade, liberdade. Os burgueses de hoje consideram mais prático protegê-las com alarmes eletrônicos.

Em nenhuma outra cidade os guias são tão desnecessários como nesta. Apesar de os monumentos estarem à vista, os turistas se aglomeram atrás de um lenço ou de um guarda-chuva empunhado pelo guia como um farol. Há os autoritários, que tratam o grupo como um jardim de infância, os que preferem não se cansar e falam aos quatro ou cinco interessados, enquanto os demais conversam ou comem; desdenhosos professores de história que precisaram desistir de sua vocação pelo dinheiro. Uns mais, outros menos, acabam levando o grupo a lojas e restaurantes que lhes oferecem comissão. Os turistas se contentam em andar em fila atrás de um guarda-chuva ou de um lenço vermelho.

Atrás do castelo, encontro quatro casais que formam um semicírculo em volta de uma mulher loira platinada, com um decote tão profundo que só oculta o mamilo. Sua voz de Barbie, em péssimo inglês, explica a eles que aquele lugar é de extrema importância, uma vez que é possível contemplar o castelo por trás. Impossível discernir em qual plano os turistas estão olhando a parte traseira do edifício e em qual os seios intumescidos da guia.

Para me afastar deles, pego uma rua lateral que desemboca numa cervejaria. Quatro bancadas e um pequeno balcão atrás do qual escuda-se o amo e rei do lugar: o cervejeiro. Com uma das mãos, aciona o pistão que enche as canecas e, com a outra, põe os copos sujos numa máquina de lavar. Basta um cliente cruzar a soleira para que o cervejeiro bote um copo com a medida exata sob o pistão. Se alguém termina sua cerveja, imediatamente recebe outra.

Ao ver um banco livre, eu me sento sem notar que já tem um copo servido ali. Quando seu dono retorna, pergunto se ele quer ocupar sua cadeira.

– A cadeira não importa – responde. – O problema seria se você tivesse ocupado meu lugar.

Ao sair da cervejaria, guardo o mapa e escolho ruas onde não se veem intrusos além de mim. Encontro barzinhos, lojas com letreiros em tcheco, na parede de pedra aparecem rachaduras, sigo um gato e chego a uma praça em reforma. Há escombros, paralelepípedos, e uma mulher em cadeira de rodas entrega uma seringa de aço inoxidável para outra que traz no rosto a pátina dos muros.

À noite, Thomas me mostra os esboços que fez hoje. Imagino a emoção de sua tia, longe das regras familiares que regem uma mulher solteira, na companhia de um jovem sobrinho que contempla pela primeira vez Praga, a cidade que ela ama acima de todas as cidades. Imagino a paixão arrebatadora que a invade ao caminhar pelo bairro onde viviam os judeus burgueses que, pouco antes do nazismo, acreditavam na possibilidade de se integrar a seus países de origem, o estremecimento daquelas duas almas sensíveis ao perceberem a fragilidade, o desconcerto, a descrença. Thomas me conta que às vezes fica meia hora em frente a uma igreja gótica até conseguir isolar o entorno, os turistas, os cabos de energia, as conversas, as cores falsas, e começa a vê-la como ela é. Pergunto se sua tia é jovem ou velha.

– *Between*.

Pergunto se ele tem irmãos. Seus pais se separaram quando ele fez três anos, o pai se casou novamente e teve dois filhos. Embora não tenham uma relação próxima, ele lembra sua impaciência aos domingos, quando o pai demorava para ir buscá-lo. A história se interrompe, nas lacunas surge o cheiro das flores do jardim, os barulhos da mãe na cozinha, o rangido do portão...

– *I went out of England the first time with him. It was so strong.*

Seu rosto enrubesce, deixando visíveis as erupções da pele. Tenho a sensação de estar tocando as nervuras de uma folha que treme com a passagem da seiva.

– *You believe in God?* – me pergunta.

– Não.

– *Why?* – balança a cabeça, triste. – *Why?*

– *Why not?*

Me pergunta como é Cracóvia.

– *I have fear* – confessa.

– *Of what?*

– *Polish people.*

– Você vai à casa de amigos?

– *Yes...* – hesita. – *To the house of a polish girl friend that I knew in Oxford. Is in few days* – acrescenta, com medo de ver em breve uma estranha que ele amou. – *This night I will pray for you.*

Quarta-feira, 7 de julho

Começo o dia na praça onde ontem encontrei a vendedora de heroína numa cadeira de rodas. Uma menina posa de modelo para um retratista; trata-se de uma vizinha ou de sua própria filha, que serve de isca para atrair clientes. O curioso é que a admiração da menina, ao seguir o movimento do pincel com os olhos, é o que transforma o homem em pintor.

As pessoas que passam pela rua às onze da manhã de um domingo são as mesmas em Praga ou no Chile. O marido jovem que volta com o jornal e o pão, o esposo cinquentão que lê o jornal e toma cerveja enquanto a mulher limpa a casa, a solitária que leva o cachorro para passear, um homem com ar de intelectual que fuma com uma expressão confusa.

Choveu ontem à noite e o ar destila umidade. A igreja renascentista está fechada. De acordo com o mapa, se eu contorná-la, encontrarei uma passagem que leva aonde quero ir. Três crianças observam uma jovem magra, com o cabelo tingido de vermelho, dormindo no chão de paralelepípedo. A saia franzida revela pernas picadas por seringas. As crianças zombam. A jovem faz um movimento e elas fogem. Com as pernas flexionadas roçando a parte interna dos joelhos, ela parece uma menininha que, tendo desobedecido a autoridade paterna, levanta os joelhos como uma fortaleza. Passada a excitação inicial, ela adormece e a muralha cai. A paz que emana de seu rosto leva a pensar que talvez a beleza da cidade não seja a única. Talvez haja outra, mais fria, por trás de seus olhos fechados.

À medida que me afasto do centro do bolo, aparecem grandes cubos de metal verde, como se só a periferia produzisse lixo com peso e cheiro. Encontro estabelecimentos que vendem livros e cartões-postais para quem valoriza mais a passagem do tempo do que o presente. Um homem de camiseta fuma e olha a rua de um segundo andar, um grupo bebe cerveja na porta de uma casa. Encontro um cybercafé chamado Electra, ao lado de uma praça onde um africano e um jovem loiro se cumprimentam e seguem em direções opostas. Passam três jovens coreanas. No final da praça, um coreano com um telefone celular estica o braço e recebe das garotas o que parecem ser passaportes. Na estação de metrô, sentados no chão, três jovens enrolam cigarros de maconha. Dizem que o homem negro que estava na praça, Sam, vende *skank*. Eles fumam no metrô porque não há turistas nem policiais. Quando o cigarro está acabando, fazem um estranho ritual: um põe a ponta ao contrário dentro da boca, o outro traga e os dois recebem parte da fumaça. Por consideração a mim, é a jovem quem coloca a parte acesa dentro da boca, eu aproximo meus lábios quase tocando os dela e trago. Volto ao café Electra. Um jovem norte-americano se levanta para cumprimentar um tcheco vestindo shorts. O tcheco explica em inglês que seu amigo pode arranjar o que ele quiser. O americano tira um saco plástico e coloca-o sobre a mesa. São três volumes grossos de encadernação antiga que, aparentemente, significam para ele uma raridade incrível e um deleite. Cai a noite. Duas prostitutas discutem numa língua que não parece tcheco na saída de uma cervejaria. Da porta, vejo que o lugar está cheio de ciganos. Não me atrevo a entrar, e entrar é o meu desejo. Na calçada oposta, um grupo de jovens pós-modernos conversa na porta do Instituto Tcheco-Alemão. Um homem de smoking me diz que o evento está lotado. O Instituto Goethe, como no Chile, alternativo, mas com a calçada encerada. No bar, mal se pode respirar, a sede se confunde com o álcool e os corpos. Alguém grita que a polícia está vindo. Um casal sai correndo, vou atrás. O casal para pra vender droga num carro. Acelero o passo. Não quero ser surpreendida pela noite com dinheiro vivo. A jovem heroinômana sumiu. Mais uma rua e estou na avenida principal. Os turistas andam de dois em dois e o guia sacode o guarda-chuva, convidando-os, em inglês e alemão, a entrarem num restaurante com especialidades da Boêmia. Quando o primeiro turista cruza a porta, começa a música.

Lá pelas onze da noite, Thomas volta exausto. Mesmo fazendo um esforço para falar, seus olhos se fecham. Se a tia viaja com ele, certamente não tem filhos próprios. Eu me lembro de uma visita a uma fazenda no lago Lanalhue, no Sul do Chile. Na antiga casa estava apenas uma das proprietárias, que ficou solteira. Durante o jantar, me falou da importância que tinha para ela preservar a história de sua família. Mais tarde, em seu quarto, me mostrou os objetos que guardava em gavetas da cômoda trancadas a chave: o primeiro bordado que ela e sua irmã fizeram na escola, fotografias dos bisavós, chapéus, bolsinhas de festa, a caderneta de contas que seu pai usava para pagar os inquilinos... a história que ia morrer com ela.

Nos intervalos em que desperta da letargia, Thomas me conta que seus avós emigraram de Praga a Londres após a Segunda Guerra Mundial, e que um ou talvez os dois (nesse momento ele fecha os olhos e as palavras se confundem) eram de origem judia. Pergunto se sua tia é judia.

– Menos do que ela gostaria.

– Ela quer que você se converta?

– Foi a primeira a me falar de Praga e me incentivou a vir conhecer a história da família.

– Se o seu pai é judeu, você tem sobrenome judeu.

Thomas joga a cabeça para trás.

– Quando meus avós chegaram a Londres, mudaram de sobrenome para não prejudicar a parte da família que ficou aqui sob o regime comunista.

Como as crianças, ele resiste ao sono. Diz que talvez faça a papelada para recuperar o sobrenome original. Se o fizer, terá o sobrenome de uma família que não existe e, com aquela que existe, deixará de ter um nome em comum. Meia-noite. O último bonde sacode as paredes do albergue.

Carta que a viajante mandou ao jornal *La Nueva República* e que foi publicada em setembro de 1999.

Quarta-feira, 14 de julho, Leba, Polônia

No ponto de ônibus, cansada de ir de um lugar a outro, de um hotel a outro, encontro Ed Lehman, um professor canadense que me empresta seu apartamento no vilarejo de S enquanto dá aulas de inglês numa colônia de verão em Leba, Polônia. Após a queda do comunismo, os poloneses abriram escolas, centros e até colônias para aprender inglês, importaram livros, professores, CDs e cassetes, na esperança de que o inglês os aproximasse da prosperidade. Para o caso de eu precisar de ajuda, Ed me dá o número de telefone de um aluno que ficará feliz em praticar seu inglês comigo.

Domingo, 18 de julho

Passo as tardes com P, o jovem aluno de Ed, caminhando pela margem do rio de S, entabulando conversas adolescentes em inglês que fazem do verão uma rotina.

ESPÍRITO GUERREIRO

Após três semanas em S, a viajante sente um medo irracional dos poloneses. Talvez tenha se deixado influenciar pelos livros que os acusam de antissemitas ou pelas pichações nos muros incitando os *hooligans*, nazis e punks.

Dentre todas as imagens, ela está obcecada pelas pessoas que levam seus cães para passear com o focinho preso numa focinheira. P fica surpreso com seu assombro, pois aquelas focinheiras salvaram sua vida em diversas ocasiões. Por outro lado, no Chile, as pessoas constantemente se arriscam a ser mordidas. A viajante se pergunta o que aconteceria se os donos adestrassem seus animais ou, em vez de cães policiais, criassem uma raça mais dócil. É melhor domesticar o ímpeto violento ou botar uma focinheira?

Às seis da tarde, na orla, enquanto as pessoas passeiam com seus cães, perto da torre onde foi queimada a última bruxa da Europa, duas mulheres e um homem de meia--idade emborcam uma garrafa de vodca sentados na grama. Uma das mulheres se aproxima do rio e, entre palavras ininteligíveis, que soam como o lamento impotente dos que se embebedam para esquecer que a vida os deixou à beira de lugar nenhum, ela tira a camiseta e fica de sutiã a um passo da correnteza suja. Da grama, a outra mulher começa a chamá-la pelo seu nome. A bêbada, hipnotizada pela água, se aproxima perigosamente da beira, seus pés se dobram e ela cai como uma boneca velha com as pernas abertas. Após várias tentativas de salvamento, a segunda mulher se joga na água, ficando presa entre os juncos. O resgate termina com os três na água.

Para ir do apartamento de Ed ao centro da cidade, há um atalho que passa pelo meio do pátio do hospital, onde tomam sol pessoas fraturadas ou com feridas cortantes costuradas com linha preta, na cabeça, nos braços, nas pernas. Na rua também se veem rostos arranhados. Imagens dispersas que ela não consegue juntar até que uma viagem com P à praia esclarece o mistério. Num encontro anterior, o jovem lhe confessou que há um ano começou a ter pensamentos compulsivos que desapareceram quando um psiquiatra lhe receitou um remédio para distanciá-lo de suas emoções. As compulsões estavam relacionadas a pensamentos violentos que o impediam de sair à rua e realizar atividades básicas, como fazer compras num mercadinho, por medo de que alguém o agredisse fisicamente. Esses pensamentos datavam da sua infância, quando ele ficou obcecado pelas batalhas que a Polônia travou com seus inimigos durante 700 anos. "Eu passava o tempo todo, na escola, em casa, nos ônibus, desenhando batalhas. Às vezes, começava a chorar e minha mãe me perguntava o que eu tinha. Não podia dizer a ela que estava sofrendo pela morte de 5 mil homens."

As imagens se entrelaçam: seu medo irracional, as focinheiras, as suturas, os bêbados. Corre pelo sangue dessa gente uma sucessão de vitórias em batalhas repletas de mortos, que depois foram traídos na mesa de negociações, uma frustração por terem sido dominados e menosprezados, suas cidades destruídas por alemães e aliados, o povo entregue aos russos, libertado, entregue às transnacionais; há uma quantidade de álcool no seu sangue superior à de qualquer cidadão europeu, uma exposição nua e crua do corpo à vida sem proteções, e a única coisa capaz de contê-los é uma focinheira e um frasco de antidepressivos misturados com ansiolíticos.

Segunda-feira, 26 de julho

Caminhamos por uma rodovia que atravessa o rio em direção aos subúrbios, até um centro comercial no primeiro andar de um conjunto de torres como as da avenida Portugal, em Santiago, onde funciona um cineclube que está fechado. Sem forças para voltar à cidade, ficamos conversando na praça. Dentro de algumas semanas, P entrará na universidade em Gdansk para estudar línguas. O jovem me conta que leu no diário de sua irmã mais nova o relato da primeira vez que ela teve relações sexuais. Fica em silêncio. Me conta que é virgem.

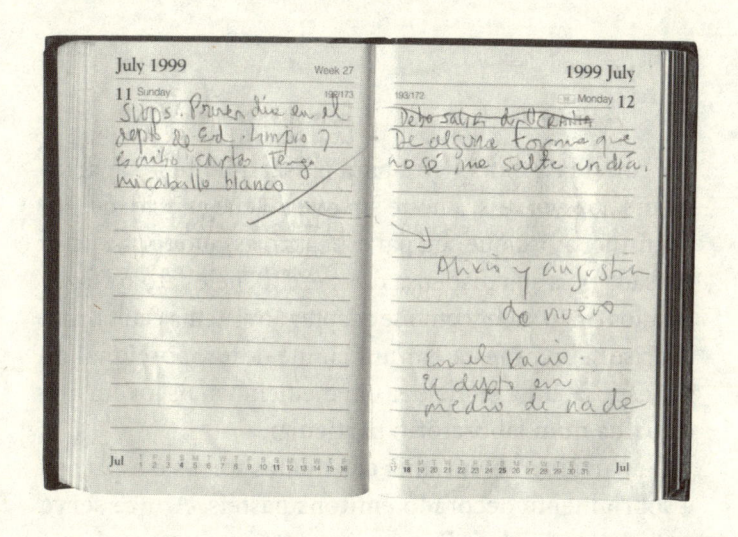

Anotações dos dias passados no vilarejo de S,
no Norte da Polônia.

O MILITAR DISPENSADO

P convida a mochileira para passar a noite no apartamento de seus pais, a noite em que Ed chega à cidade. No caminho, avisa que seu pai está atravessando uma crise causada pela sua dispensa do exército, pelo fato de fazer 50 anos e não saber como se adaptar ao sistema capitalista. A crise se manifesta em um ciúme desproporcional de sua esposa, uma tecnóloga em medicina mais jovem que trabalha num laboratório particular.

O apartamento em uma das muitas torres é espaçoso e sobriamente decorado em tons pastéis. A mãe serve vodca e sanduíches. P atua como intérprete e a conversa flui com normalidade, até que o garboso dono da casa pergunta à estrangeira se ela quer ver suas condecorações. P e sua mãe desviam o olhar. O pai volta com uma caixa da qual retira inúmeras medalhas de uma história que se desenrola diante de seus olhos, traz a boina, a calça, o paletó, o cinto, a espada, a pistola, as dragonas. A mãe pede licença para se retirar, o pai ajusta a pistola no coldre, bate continência e sai da sala marchando.

Na manhã seguinte ela o encontra na cozinha, com um avental feminino, preparando o almoço.

Terça-feira, 27 de julho

Já me acostumei a atravessar entre os feridos que tomam sol no pátio do hospital para ir e vir do centro ao prédio onde moram os estrangeiros que, sem conseguir trabalho em seus países, vêm a uma cidadezinha como S para lecionar inglês àqueles que sonham em conseguir trabalho no país de seus professores.

A CASA

A vila costeira de Kluki foi um dos primeiros assentamentos humanos da região de S. Hoje, restam apenas uma dúzia de casas transformadas num museu onde é exposto o modo de habitação dos colonos do Báltico ao longo da história. A primeira casa era composta por dois cômodos; o principal fazia as vezes de sala de jantar, quarto e cozinha. Um menor – geralmente sem janelas – servia de despensa, onde guardavam as ferramentas para trabalhar a terra, salgavam peixe, produziam mel e aguardente, armazenavam conservas e grãos para o inverno. Na casa ao lado, acrescentaram um terceiro cômodo, que usavam de cozinha. A sala de jantar continuava funcionando à noite como quarto. Em cima da mesa, além do tricô da mãe e dos acessórios para o cachimbo do pai, havia um livro.

Na terceira casa, a despensa foi construída menor para dar espaço a um quarto estreito, iluminado por uma janela e mobiliado com uma cama rústica de madeira, um criado mudo, uma mesa com lampião a querosene e uma cadeira. Era o quarto do filho mais velho, o primeiro da família a estudar nos livros.

Sábado, 31 de julho

P nu na cama de Ed Lehman, no prédio onde moram os professores de inglês, treme.

CEMITÉRIO

Na frente de cada túmulo há um banco de madeira para o enlutado se sentar e contemplar a morte. Debaixo do assento há uma caixa fechada com cadeado, em que guardam as ferramentas de jardinagem. A lápide está decorada com uma fotografia do morto. O retrato não corresponde à idade em que ele faleceu, geralmente parece mais jovem. Às vezes, como no caso de uma mulher enterrada aos 37 anos, há uma menina de bochechas rosadas.

Sob os pinheiros, na ala antiga do cemitério, estão enterrados os alemães que ocuparam a Polônia durante a Segunda Guerra. Após a retirada forçada, os habitantes de S roubaram as lápides de mármore para colocá-las no túmulo de seus entes queridos. Desde então, cada lápide traz inscritos o nome da vítima e, no verso, o de seu algoz.

O MURO

No centro das cidades, a mais-valia do chão impossibilita que haja terrenos ociosos. Mas não nos bairros, onde passam anos ou gerações até que alguém decida construir no território baldio. Isso acontece com uma parte do muro que cercava o gueto de Cracóvia. É possível vê-lo da rua principal, do ônibus, ao ir às compras, da catedral ou do banco da praça que fica em frente e onde, após dois dias de chuva, o sol reúne idosos e crianças. E também um jovem casal – cujo filho persegue os pombos –, que discute acaloradamente. Quando parecem dar uma trégua, um detalhe qualquer faz tudo recomeçar e o marido decide deixar a mulher e o filho na praça. A mulher tira da bolsa um sanduíche embrulhado num guardanapo, então chega uma mosca inconveniente e a impede de comer. A jovem tenta espantá-la com a mão, a mosca insiste, ela muda de lugar e a mosca vai junto. O marido espia-os do outro lado da rua, próximo ao muro. Dá a impressão de que vai atravessar a rua, quando um pensamento o dissuade. Até que o menino enfia os sapatos numa poça, ele atravessa e o repreende. A mãe, incomodada com a mosca, fica furiosa e a discussão recomeça. A presença do marido espanta a mosca e a mulher pode saciar seu apetite dando grandes mordidas. Seus corpos se aproximam lenta e inadvertidamente, a um triz de se tocar, então algo insignificante acende o pavio e ela deixa a praça. O moleque tropeça, cai e chora. Como o pai não presta atenção, ele enfia os pés na poça. O homem puxa sua orelha. O menino, que não vê a mãe em lugar nenhum, volta a chorar. O pai procura em todas as direções pela mãe que não está quando precisam dela.

A curiosidade de saber como a história vai terminar a faz permanecer no lugar. Não é a única: o homem com quem ela divide o banco solta um comentário em polonês. Ela sorri. O homem assente como se falassem o mesmo idioma. O final da história? De mãos dadas com o menino, o casal some atrás do muro sem dizer palavra.

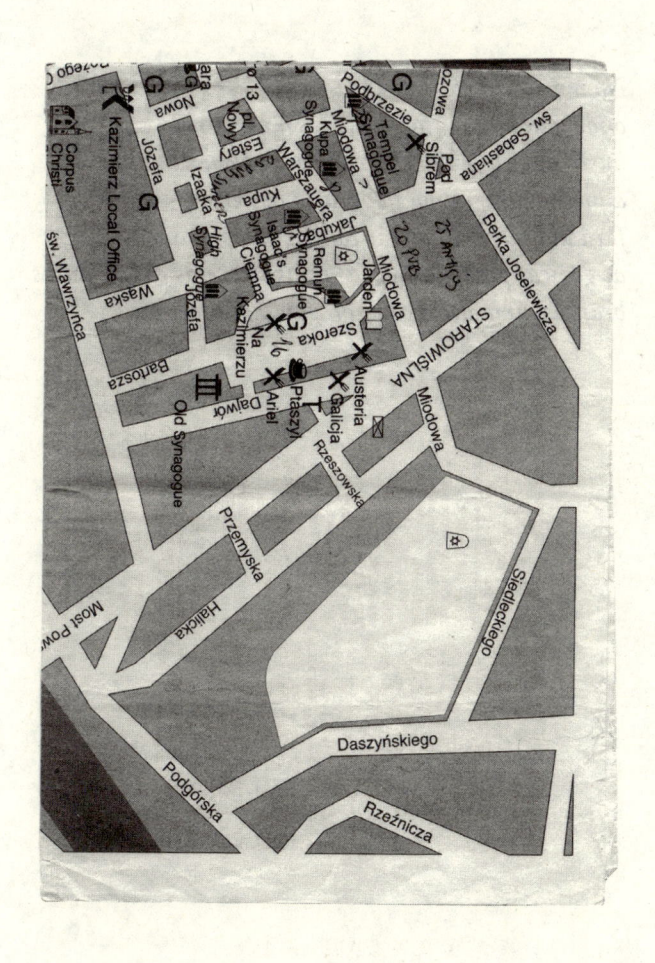

Mapa do distrito de Kazimierz publicado no jornal *Praktyczny Kazimierz*, julho/agosto de 1999, Cracóvia, Polônia.

*No muro branco,
onde antes foram fotografados o militar
austríaco e a mulher de chapéu e bolsa,
a mesma que, numa fotografia posterior,
fará um cachorro andar com as patas dianteiras,
as gêmeas posam com suas saias escocesas e suas blusas
brancas; uma delas com um gato nos braços.*

ÁLBUM DE FAMÍLIA

Entre 1905 e 1918, Aída G deixou a Polônia em busca de uma ilusão. Em 1999, sua neta deixa o Chile para evocar uma ilusão. Quando chega a Cracóvia, todas as manhãs, entre a segunda-feira 16 e a terça-feira 24 de agosto, ela caminha do centro até Kazimierz, o bairro onde possivelmente nasceu sua avó paterna. Senta-se na sarjeta (acabou o dinheiro para restaurantes) e contempla os turistas consultando guias de viagem que explicam que ali viviam os judeus antes da Segunda Guerra; contempla uma carroça puxada por cavalo e anunciada com um sino, um ébrio que bebe cerveja na companhia de um menino, a esplanada onde antes ficava a praça e agora os judeus proprietários dos restaurantes e das lojas de suvenir estacionam seus carros; contempla a placa que pede para os transeuntes trocarem de calçada porque essa foi construída com ossos e crânios de judeus assassinados num campo de concentração; contempla a ânsia de Moisés M e o desconsolo de Rosa S por transformarem sua neta chilena em algo impossível, um homem que reboca com gesso a fachada de uma casa.

Entre 1905 e 1918, Aída G deixou a Polônia em busca de uma ilusão. Em 1999, eu deixo o Chile para evocar uma ilusão. Quando chego a Cracóvia, todas as manhãs, entre a segunda-feira 16 e a terça-feira 24 de agosto, caminho do centro até Kazimierz, o bairro onde possivelmente nasceu minha avó paterna. Sento-me na sarjeta (acabou o dinheiro para restaurantes) e contemplo os turistas consultando guias de viagem que explicam que ali viviam os judeus antes da Segunda Guerra; contemplo uma carroça puxada por cavalo e anunciada com um sino, um ébrio que bebe cerveja na companhia de um menino, a esplanada onde antes ficava a praça e agora os judeus proprietários dos restaurantes e das lojas de suvenir estacionam seus carros; contemplo a placa que pede para os transeuntes trocarem de calçada porque essa foi construída com ossos e crânios de judeus assassinados num campo de concentração; contemplo a ânsia de Moisés M e o desconsolo de Rosa S por me transformarem em algo impossível, um homem que reboca com gesso a fachada de uma casa. Contemplo minha rachadura que carrego como um lar...

Rua Szeroka, no bairro Kazimierz, publicada no jornal *Praktyczny Kazimierz*.

Quarta-feira, 18 de agosto, Cracóvia

Na praça central, no mercado de artesanato, numa banca que vende âmbar como na feira de cerâmica em Pomaire, encontro os brincos em forma de pássaro que Y comprou para mim num bazar no Norte do Chile. A tristeza de ter perdido um no Chipre, a nostalgia do outro, guardado no cofre de Berri.

As gêmeas vestidas com saia escocesa e blusa branca,
uma delas com um gato nos braços,
continuam esperando em frente ao muro.

"Querida Cynthia:

Às seis da manhã o barulho é insuportável. Onde está aquele gorjeio suave dos pássaros ao amanhecer? Entre papagaios, periquitos e canários, com um inquietante zumbido de abelhas ao fundo e um sol que atravessa as cortinas, a manhã do último sábado de primavera está longe de ser plácida.

Pelo menos não tem nenhuma igreja por perto, pensa, lembrando que na Alemanha as igrejas competiam, sem respeito pelas almas, para ver qual tinha o maior sino. Obviamente a maioria dos sacerdotes são homens. Geralmente ganhavam os protestantes. Para piorar, a cachorra é alérgica e anda espirrando e fungando com resignada persistência.

Se não fosse pelos pássaros e sua incrível variedade, seria difícil saber que está na África. Johanesburgo parece aquelas imensas cidades com rodovias, *malls*. Lá, como aqui, os negros são pobres e quase os únicos que utilizam o precário sistema de transporte público. Aqui, como lá, os imigrantes são recebidos com cautela: se vêm de países vizinhos, são tratados como leprosos; se chegam da Europa, bem-vindos.

Outra coisa que a incomoda é que também na África do Sul pouca gente sabe onde fica o Chile. Não porque queira ser conhecida necessariamente como chilena, mas essa ignorância a transforma numa espécie de fantasma, alguém sem passado nem forma reconhecível pelos outros. Chilena? Ah... *How interesting...*

A mãe de sua empregada, que vem a Johanesburgo fazer exames de saúde e aproveita para tomar chá com a filha, perguntou uma vez se havia negros no Chile. Não, ela respondeu. Então quem trabalha de empregada? Geralmente índias, pessoas do campo, ela disse. 'Então vocês são um país muito rico.'

Na África do Sul, os únicos índios que conhecem vêm da Índia e são comerciantes, donos das barracas de especiarias. Já pensou, essas pessoas trabalhando de empregadas no Chile?

Tentou explicar a diferença, mostrou fotos da Enciclopédia, fez um breve resumo da história do colonialismo e seus paralelos entre a África e a América Latina, do capital e dos pobres do mundo. Sem sucesso, claro.

O que a traz de volta ao jardim e a esta manhã sonora. A vista é impressionante com os jacarandás floridos, o jardim cuidado com primor, a varanda coberta de pétalas que caem das árvores, a grama, a piscina... Após dar um mergulho, decide responder mensagens. Dois dias sem e-mail – não conseguiu encontrar alguém que resolvesse o drama – fizeram com que ela percebesse como é dependente da tecnologia. Como se não soubesse que os computadores superarão o homem no próximo milênio.

Desde ontem à noite, se pergunta que parte da história do álbum de família que Cynthia lhe enviou é ficção. Certamente nenhuma. Esse final aberto ao abismo. Pergunta-se como será o reencontro com seus pais. Se aquele primeiro abraço da viajante será igual aos outros.

Que mudanças serão causadas por essa longa caminhada pela história? Trocará Rimsky por um sobrenome como Baños ou Bañados?

De repente, pardais amarelos ou canários selvagens se apoderam de um galho de amendoeira e fazem um barulho enorme. Segundos depois, desaparecem. Lembra-se de uma pergunta clichê da filosofia: se a árvore cai no meio de uma floresta deserta, faz barulho?

Na quarta-feira a Helen chega da Irlanda. Irão juntas para um safári no Botswana, onde tem um projeto com elefantes. Dormirão em barracas e cruzarão a selva de bicicleta. Depois, para um lugar de fontes termais, a convite da Helen, com pedicure inclusa e uma sequência de massagens.

Na quarta-feira o Stefan chega de Moçambique, onde está filmando numa ilha repleta de ruínas coloniais portuguesas. Stefan recebeu vários elogios pelo documentário que fez sobre Angola. Faz questão de mostrá-lo a Cynthia algum dia. Ao contrário do álbum, no filme, o coração do inimigo está à vista."

Segunda-feira, 30 de agosto, Áustria

Já não há motivo para carregar a pochete com dinheiro que me mantinha presa à realidade pela cintura. Vou me aproximando do lugar do mistério: *"Plitvice in Jezersko/ Rimski Vrelec/ Bled".*

Um cachorro anda por uma trilha montanhosa seguido resolutamente por uma mulher com um colete e uma bolsa em forma de envelope. Atrás dela, três burros conduzidos por dois aldeões, um homem e um menino, a cavalo.

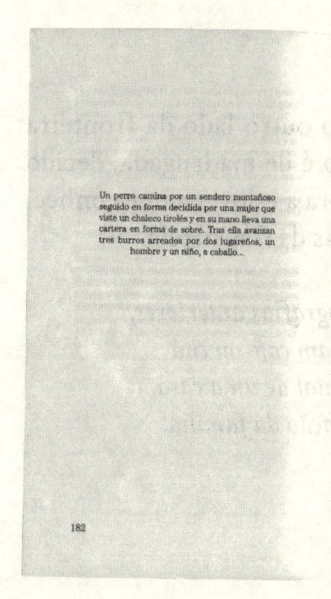

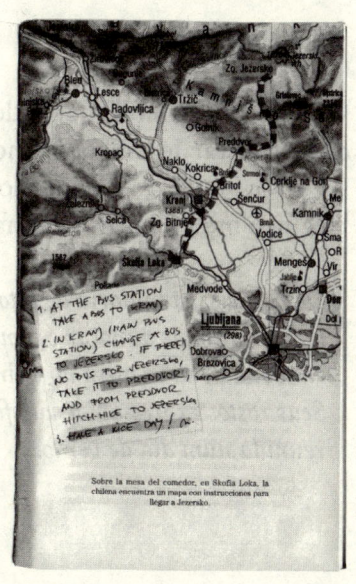

Página da primeira edição de *Posta-restante*,
em que aparece a imagem do mapa, hoje perdida,
e o papel com as instruções para chegar a Jezersko.

Terça-feira, 31 de agosto

De acordo com o mapa, do outro lado da fronteira deveria estar Jezersko. Como é de madrugada, decido seguir até o vilarejo onde mora a eslovena que conheci há cinco meses nas montanhas da Capadócia.

Dez pessoas, a maioria de fotografias anteriores,
terminaram de almoçar e tomam café ou chá
em volta de uma mesa no quintal de uma casa.
Seus rostos expressam a satisfação da família
reunida num dia de verão.

ÁLBUM

No último trecho já não passa nenhum carro. A estrada ziguezagueia entre montanhas gigantescas cobertas por neve eterna. O ar se torna tão puro que dói respirar. A chuva, intermitente, confere ao vilarejo uma economia de movimentos e sons.

A rua principal de Jezersko é a estrada que leva à Áustria. A placa indicando os quilômetros até a fronteira cria a ilusão de que há um atalho, a ilusão de que se pode pegar o atalho e chegar a outro lugar ao qual é possível pertencer.

Ela compara as encostas, as pradarias, as formas rochosas que aparecem nas fotografias, faz o exercício de inserir a paisagem nas abas de papel. Por um instante, acredita reconhecer o lugar onde estava sentada a jovem com o colar de pérolas, mas falta a montanha nevada ao fundo.

A turista, encontrada no mercado da avenida Arrieta por um álbum com seu sobrenome escrito errado na primeira página, mostra para um carpinteiro que conserta um tabique em Jezersko as fotografias de uma família austríaca que em 1940 passou suas férias ali. Um carro com placa da Áustria passa em direção à fronteira. O carpinteiro chama seu melhor amigo. Instigados pelo enigma dos retratos, eles discutem, argumentam, dão um berro e me botam num carro enquanto decidem quem descobriu o primeiro fio da história.

O carro sai da estrada principal por uma trilha estreita de terra batida. As casas aparecem dispersas entre as vacas, as lavouras, um portão de madeira. A motorista, filha do carpinteiro, aponta para o morro onde a adolescente de maiô estendia os braços para o céu.

A dona da casa, surpresa pela visita, desamarra o avental que traz preso à cintura. À medida que o relato traduzido ao esloveno pela filha do carpinteiro vai avançando, ela olha alternadamente para a turista e para o seu acompanhante. Em seu idioma, conta que estão numa pousada erguida em 1906, quando o trânsito pela fronteira era feito a pé ou de burro. Quem construiu a pousada foi seu bisavô, depois passou para as mãos do avô e do pai, até chegar a ela e seus filhos. Impressionada por ela ter vindo do Chile com a missão de encontrar as pessoas retratadas no álbum, pergunta se são seus parentes. Acreditando que a viajante é movida por um interesse fotográfico, mostra seus retratos de família pendurados na recepção: a primeira pousada, suas reformas, os anexos e mezaninos, tataravós, bisavós, avós, primos...

O filho mais velho, que durante a semana estuda direito na capital, mostra a ela dois tomos encadernados em couro marrom em que guardam as impressões deixadas pelos hóspedes. Ela procura pelo ano de 1940 e aparecem 15 ou 20 textos, desenhos e poemas que podem ou não ter sido feitos pelo homem de óculos, pelo militar, pela mulher da bolsa, pelas gêmeas... A dona da pousada se detém numa página do álbum que a estrangeira trouxe consigo. Reconhece a fotografia da primeira casa construída pelos seus avós – onde ela nasceu – e que esteve todos aqueles anos extraviada no Chile. Retira a fotografia da moldura de papel. A biografia da mulher está completa. Já a dela...

*O cachorro que andava pela trilha montanhosa
posa para a câmera diante de uma panela de comida,
ele está com a língua de fora e não suspeita que ao lado dele
aparecerá retratada sua sombra.*

Página da primeira edição de *Posta-restante*, em que aparece a fotografia, hoje perdida, do álbum encontrado no mercado de pulgas no Chile que a viajante deixou para a família em Jezersko.

DE

De volta à casa da rua Bilbao, ela procura no dicionário *Aristos*, que seu pai lhe deu de presente de aniversário, a palavra "de": "Preposição que indica: pertencimento, *o carro de meu tio*; procedência, *vinha de Canárias*; a matéria da qual uma coisa é feita, *aliança de ouro*; o conteúdo de uma coisa, *garrafa de vinho*; a condição ou qualidade de pessoas ou coisas, *pessoa de bom coração*; o assunto de que se trata, *livro de poesia*; o tempo em que algo acontece, *chegou de madrugada*".

FAMÍLIA

Todas as manhãs a inquilina que mora na casa 9, no final do beco da rua Bilbao, se levanta, vai à cozinha, abre a janela, toma água ou põe a chaleira no fogo e observa o beco.

Nas vezes em que acorda cedo, sente falta do som dos saltos agulha da vendedora de sapatos industriais que foi despejada, deixando na calçada seus pertences. Agora, na casa 8 mora outra mulher sozinha que repôs os vidros faltantes, pintou a porta de amarelo e encheu a entrada de plantas. A senhora da casa 2 também cultiva plantas. Está o tempo todo lavando a calçada, regando ou estendendo roupa, de modo que, ao passar por ali, parece estar na sua casa às margens do rio Calle-Calle, com que ela tanto sonha naquele beco em Santiago.

Durante a ausência da mulher que encontrou um álbum de fotos no mercado de pulgas da Arrieta com seu sobrenome escrito errado na primeira página, nasceram dois bebês. Um deles acompanha, do carrinho, a sombra das folhas da árvore no muro da casa 4. Quando começa a engatinhar, sua primeira viagem é até o vaso em volta da árvore. A mãe, que vigia da escada, grita: "Aí não! Caca!".

Uma vez de manhã e outra de tarde, a mulher sem identificação que mora na casa 7 passa o cadeado na porta e sai com sua boneca de pano debaixo do braço. Horas mais tarde, volta com paus, jornais ou papelão e acende um braseiro em que talvez esquente água. Também traz uma sacola com pão e a boneca de pano, que, como ela, usa o cabelo dividido em tranças, uma saia escocesa plissada e pulôver azul. Na casa onde moram não tem luz elétrica e, graças a um vizinho que quebrou o lacre do contador, a água corre livremente. Às vezes aparece um homem que se apresenta como um primo e busca cúmplices para se apropriar das ruínas. A mulher que espia pela janela no final do beco costuma ser encontrada em alguma rua. Desde que voltou de viagem, não sabe quem encontra quem.

Dias atrás um estranho roubou as plantas preferidas da senhora que morava às margens do Calle-Calle e agora ela está com medo de ficar sozinha. Se um dos filhos não lhe fizer companhia, ela tranca a porta enquanto as plantas murcham.

Um dos últimos a chegar à noite é o estudante de comunicação audiovisual da casa 5. Há três dias está acompanhado de uma jovem que o olha enternecida abrir a porta atrapalhado. A menina que engatinhava já aprendeu a andar e, quando o gato da casa 10 a vê se aproximar, sai correndo. Desconcertada por estar tão longe, a pequena volta para a casa 3 tropeçando pela calçada lascada. Na altura da porta amarela, encontra a mulher contemplando suas plantas com o rosto apoiado num cabo de vassoura, enquanto a bata lilás expõe sua barriga leitosa.

Certa noite, a autora que reconstrói o trajeto de uma viajante a partir de seus cadernos, recortes e mapas sai para o quintal e ouve chorar a mulher sem identificação ou sua boneca. Permanece deste lado da parede até o choro cessar e vai dormir. Na manhã seguinte, já não tem certeza se a rachadura está nos objetos ou no seu olhar.

A menina que aprendeu a andar agora chega até a casa 6. Dali, contempla a janela no final do beco, parece que dessa vez vai tomar coragem, mas na última hora corre para os braços maternos, de onde se vira para olhar o território inexplorado.

Durante o inverno, todas as tardes a senhora sem plantas, sua filha ou filho e a jovem mãe se reúnem em frente à porta trancada com cadeado, com medo de que a mulher e sua boneca derrubem o braseiro, causando um incêndio que reduzirá suas vidas a pedacinhos que acabarão num mercado de pulgas.

Perspectiva do beco da rua Bilbao
desenhada por Clara Arditi.

"Olá, queridos parentes:[3]

Doris, Efraín, Teodoro, Cynthia, Sergio e o pequenino Lucas. Para nós foi uma alegria imensa receber sua carta. Durante nove longos anos estivemos buscando por vocês. León Rappaport nos ajudou e estamos muito gratos por isso. Vocês estão interessados na história do bisavô Yosef. Meu marido, Liiv, também sabia um pouco da história e o que sabia tinha medo de contar. Em 1946, quando me casei com Liiv Mitnik – meu marido –, seu pai, Yosef, nos enviou 100 dólares do Chile, mas Liiv ficou com medo de sacar o dinheiro porque vinha de outro país e não sacou.

Quando Yosef deixou a Rússia com três filhos, sobraram Uvlevel, Liiv e Ronia, além das crianças. Uvlevel e Liiv foram recrutados pelo exército e nunca mais dispensados. Golda (a esposa de Yosef) passou a vida inteira com os outros filhos e sentiu muita falta do marido e dos filhos que foram embora para o Chile.

No ano de 1941, quando começou a guerra, Uvlevel e Liiv viajaram ao Paquistão. Liiv foi levado pelo exército, mas Uvlevel não foi levado. Quando nos contaram que Uvlevel morreu, sua mãe, Golda, também morreu de tristeza.

---

[3] [N. da A.] Em dezembro de 1999, Dora Mitnik recebeu um telefonema de um tal de senhor Rappaport, em nome de uma ucraniana que emigrou para Israel e procurava parentes pelo mundo. No fim, ela era a esposa de um irmão de Moisés M, pai de Dora. Esta é a carta que a mulher enviou aos seus familiares em Santiago do Chile. Traduzida do iídiche para o hebraico por Lodmila Catz e para o espanhol por Fanny Berdichevsky.

Só que Liiv não morreu. Estava ferido no hospital. Quando melhorou, viajou para a cidade de Pragna, no Afeganistão. E nos casamos em 1946. No ano de 1950 nasceu Hina, e depois nos mudamos para Kiev, na Ucrânia. Foram anos muito difíceis, mas construímos uma casa perto de Kiev.

Uvlevel e Liiv não tiveram reconhecimento, mas Uvlevel era conhecido e trabalhava como vendedor em uma loja. Liiv trabalhava como operário em uma fábrica de tecidos. Ronia trabalhava como professora, e seu marido adoeceu e faleceu em 1976. Ronia não teve filhos. Uvlevel era casado com Donia e tiveram três filhos homens (Salomón, Jaime, Gandi). Gandi foi chamado assim por Golda. Com eles, não tenho contato. Minha filha, Hina, trabalhava como professora em um jardim de infância.

Agora, em Israel, trabalho em uma fábrica de móveis. Trabalhamos muito duro, mas muito felizes por haver trabalho. Kleman (meu genro) era arquiteto na Ucrânia, mas agora é operário. Vivemos bem. Lodmila, minha neta, está no terceiro ano, é boa aluna e tem muitos amigos.

Tenho muita vontade de conhecer vocês, mas não sei se é possível. Acabei escrevendo esta carta, mas é muito difícil conseguir alguém que a traduza para mim. Minha família pode entender russo ou iídiche. Beijos a todos.

Ida, Hina, Kleman e Lodmila."

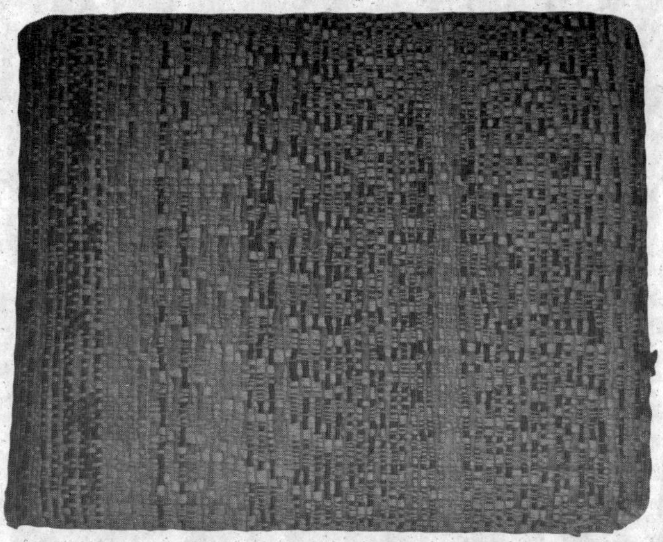

ITINERÁRIO

Santiago **09**
Londres **16**
Israel **22**
Egito **52**
Chipre **66**
Rodes **95**
Turquia **96**
Ucrânia **134**
Praga **169**
Polônia **179**
Áustria **202**
Eslovênia **204**
Santiago **209**

coleção **NOS.OTRAS**

Pronome feminino na primeira pessoa do plural. Desinência de gênero própria da língua espanhola. Sujeito do eu que inclui a noção de outro. Uma coleção de textos escritos por autoras latino-americanas, mulheres brasileiras e hispanofalantes de hoje e de ontem, daqui, dali e de lá. Uma coleção a favor da alteridade e da sororidade, este substantivo ainda não dicionarizado. Nós e outras, nós e elas, nós nelas e elas em nós. NOS.OTRAS pretende aproximar-nos, cruzando fronteiras temporais, geográficas, idiomáticas e narrativas. A proposta é pelo diálogo plural, dar voz e visibilidade a projetos literários heterogêneos que nem sempre encontram espaço editorial. Publicaremos sobretudo não ficção – ensaios, biografias, crônicas, textos epistolares –, mas prosas de gênero híbrido, fronteiriças à ficção, também são bienvenidas. Porque nosotras somos múltiplas.

Curadoria e coordenação editorial:
Mariana Sanchez e Maíra Nassif

coleção **NOS.OTRAS**

Conheça os títulos da coleção:

- *Viver entre línguas*, de Sylvia Molloy.
Tradução de Mariana Sanchez e Julia Tomasini.

- *Tornar-se Palestina*, de Lina Meruane.
Tradução de Mariana Sanchez.

- *E por olhar tudo, nada via*, de Margo Glantz.
Tradução de Paloma Vidal.

- *O mundo desdobrável – ensaios para depois do fim*,
de Carola Saavedra.

- *A irmã menor: um retrato de Silvina Ocampo*,
de Mariana Enriquez. Tradução de Mariana Sanchez.

- *Posta-restante*, de Cynthia Rimsky.
Tradução de Mariana Sanchez.

Próximos lançamentos:

- *Feminismo bastardo*, de María Galindo.
Tradução de Ellen Maria Vasconcellos.

- *38 estrelas – a maior fuga da história de uma prisão de mulheres*,
de Josefina Licitra. Tradução de Elisa Menezes.

© Cynthia Rimsky, 2002
© Relicário Edições, 2024
Imagem de capa: © Paula Albuquerque, 2024 (sobre fotografia de Anastasiia Lopushynska | Pexels)

Dados Internacionais de Catalogação na Publicação (CIP) de acordo com ISBD

R577p	Rimsky, Cynthia Posta-restante / Cynthia Rimsky ; tradução por Mariana Sanchez. – Belo Horizonte : Relicário, 2024. 224 p. ; 13cm x 19cm. : il. (Coleção Nosotras ; v. 6) Título original: *Poste restante* ISBN: 978-65-89889-85-4 1. Literatura chilena. 2. Crônicas chilenas. 3. Crônicas – Viagem. I. Sanchez, Mariana. II. Título. CDD 868.9933 CDU 821.134.3(83)

Elaborado pelo bibliotecário Tiago Carneiro – CRB-6/3279

Obra traduzida e impressa no âmbito do Programa de Apoio à Tradução para Editoras Estrangeiras da Divisão de Culturas, Artes, Patrimônio e Diplomacia Pública (DIRAC) da Subsecretaria de Relações Exteriores / Ministério das Relações Exteriores do Chile.

Obra traducida e impresa en el marco del Programa de Apoyo a la Traducción para Editoriales Extranjeras de la División de las Culturas, las Artes, el Patrimonio y Diplomacia Pública (DIRAC) de la Subsecretaría de Relaciones Exteriores / Ministerio de Relaciones Exteriores de Chile.

Curadoria e coordenação editorial: Mariana Sanchez e Maíra Nassif
Editor-assistente: Thiago Landi
Preparação: Maria Fernanda Moreira
Capa, projeto gráfico e diagramação: Paula Albuquerque
Revisão: Thiago Landi
Fotografia Cynthia Rimsky: María Aramburú

Relicário Edições
Rua Machado, 155, casa 1, Colégio Batista | Belo Horizonte, MG, 31110-080
relicarioedicoes.com | contato@relicarioedicoes.com

1ª edição [verão de 2024]

Esta obra foi composta em Crimson Text e impressa sobre papel Pólen Bold 70 g/m² para a Relicário Edições.